国学经典诵读

古诗选

李永平　选编

中州古籍出版社
·郑州·

图书在版编目(CIP)数据

古诗选 / 李永平选编. —郑州：中州古籍出版社，2015.5
(国学经典诵读)
ISBN 978-7-5348-4923-7

Ⅰ. ①古… Ⅱ. ①李… Ⅲ. ①汉语拼音-少儿读物 Ⅳ. ①H125.4

中国版本图书馆 CIP 数据核字(2014)第 195902 号

出版社：中州古籍出版社
　　　（地址：郑州市经五路 66 号　邮政编码：450002）
发行单位：新华书店
承印单位：河南新华印刷集团有限公司
开本：710mm×1000mm　1/16　　印张：15.25
版次：2015 年 5 月第 1 版　　印次：2015 年 5 月第 1 次印刷

定价：25.00 元
本书如有印装质量问题，由承印厂负责调换。

致 读 者

夏衍先生的《种子的力量》，想必不少人读过。植物的种子发芽时能将人的头盖骨完整地分开，其力量之大令人惊叹。具备一定科学常识的我们不难明白，种子这种超凡的生命力其实源自它的生物基因。

植物种子的生命力取决于它的生物基因，而人类文明的生命力无疑取决于它的文化基因。

当我们以自家母语毫无隔阂地阅读这段文字时，古巴比伦的空中花园早成幻影，古埃及仅残留着光秃秃的石塔，古印度文明更已灰飞烟灭逾三千年了。世所公认的四大文明，唯有我泱泱中华文明以其无双的生命力傲立至今，并且愈加浩浩然龙马精神。

我们不禁肃然起敬而油然发问，其中的奥妙何在？——习近平同志指出："博大精深的中华优秀传统文化是我们在世界文化激荡中站稳脚跟的根基"，"要从弘扬优秀传统文化中寻找精气神"。诚然，这奥秘即在于中华文明的文化基因，尤其是优秀的传统文化。

"指穷于为薪，火传也，不知其尽也。"文明的火种在于传承，传承之大业必启于童蒙。孩子是文明的火种，是文化传承的发轫所在。

于是，有了我们这套丛书。参照传统童蒙教育读本，结合现

代少年儿童的实际情况，我社用心编选出国学经典中的要妙原典，萃聚成编；注以拼音，并邀请演播善手精心朗诵，运用新兴的MPR（多媒体印刷读物）数字技术，打造出这套新式的国学读本。"轴心时代"文明精华之《周易》《论语》《老子》《庄子》，"风骚"万古的《诗经》《楚辞》，发蒙百代的《千字文》《三字经》《百家姓》《龙文鞭影》，各盛其朝的唐诗、宋词、元曲，俱入本丛书。

"蒙以养正，圣功也！"

古代中国人传习经典，小则为"修身立命"，至于"学优而仕，光宗耀祖"；大则为"治国平天下"，至于"为往圣继绝学，为万世开太平"。而今我们学习经典，不仅可以追溯自己生而为中国人的文化基因，更可以从中汲取我中华先人的生存智慧，为我们开拓广阔的人生与民族未来提供源源不断的精神力量。

"文王既没，文不在兹乎？"党的十八大对这一文化问题作出了战略部署，强调要"建设优秀传统文化传承体系，弘扬中华优秀传统文化"。

编选这套丛书，传承的使命和光大的愿景不禁使我们想起百年前，正值中华民族危亡之际，梁任公先生饱含热忱的《少年中国说》。如今，睡狮已醒，我中华民族正再次雄起于世界东方，我们这些出版人更其热切地希望自己编选的这套丛书能帮助"少年中国"之"中国少年"茁壮成长。

"美哉我少年中国，与天不老！壮哉我中国少年，与国无疆！"吾其勉哉！

中州古籍出版社编辑部
2015 年 4 月

目 录

先秦两汉诗歌 ………… 001
 击壤歌………………… 001
 孺子歌………………… 001
 易水歌 …… 荆　轲 002
 垓下歌 …… 项　羽 002
 大风歌 …… 刘　邦 003
 北方有佳人
  ………… 李延年 003
 羽林郎 …… 辛延年 003
乐府民歌 ……………… 005
 有所思………………… 005
 上邪…………………… 006
 江南…………………… 006
 陌上桑………………… 007
 饮马长城窟行………… 008
 长歌行………………… 009
 十五从军征…………… 010
 孔雀东南飞并序……… 011
古诗十九首 …………… 022
 行行重行行…………… 022
 今日良宴会…………… 023
 西北有高楼…………… 024
 涉江采芙蓉…………… 025
 迢迢牵牛星…………… 025
 回车驾言迈…………… 026
 明月何皎皎…………… 026
魏晋南北朝诗歌 ……… 028
 短歌行 …… 曹　操 028
 观沧海 …… 曹　操 029
 龟虽寿 …… 曹　操 030
 燕歌行 …… 曹　丕 031
 杂诗 ……… 曹　丕 031
 白马篇 …… 曹　植 032
 七哀 ……… 曹　植 034
 七步诗 …… 曹　植 034

咏怀诗（其一）
　　………… 阮　籍 035
赴洛道中作（其二）
　　………… 陆　机 035
咏史（其二）
　　………… 左　思 036
归园田居（其一）
　　………… 陶渊明 037
归园田居（其三）
　　………… 陶渊明 038
饮酒（其五）
　　………… 陶渊明 038
移居（其一）
　　………… 陶渊明 039
杂诗（其一）
　　………… 陶渊明 039
咏荆轲 …… 陶渊明 040
读《山海经》（其一）
　　………… 陶渊明 041
读《山海经》（其二）
　　………… 陶渊明 042
登池上楼 … 谢灵运 042

石壁精舍还湖中作
　　………… 谢灵运 043
拟行路难（其六）
　　………… 鲍　照 044
晚登三山还望京邑
　　………… 谢　朓 045
山中杂诗 … 吴　均 045
拟咏怀（其七）
　　………… 庾　信 046
梅花 ……… 庾　信 046
赠范晔 …… 陆　凯 047
入若耶溪 … 王　籍 047
别毛永嘉 … 徐　陵 048

乐府民歌 ………… 048
西洲曲 …………… 048
陇头歌辞 ………… 050
木兰诗 …………… 050
敕勒歌 …………… 053

隋唐五代诗歌 …… 054
人日思归 … 薛道衡 054
蝉 ………… 虞世南 054
野望 ……… 王　绩 054

长安古意 … 卢照邻 055
咏鹅 ……… 骆宾王 058
在狱咏蝉 … 骆宾王 058
送杜少府之任蜀州
　　……… 王　勃 059
从军行 …… 杨　炯 059
风 ………… 李　峤 060
代悲白头翁
　　……… 刘希夷 060
渡汉江 …… 宋之问 061
古意呈补阙乔知之
　　……… 沈佺期 061
感遇(其二) ………
　　……… 陈子昂 062
登幽州台歌
　　……… 陈子昂 062
咏柳 ……… 贺知章 063
回乡偶书(其一)
　　……… 贺知章 063
回乡偶书(其二)
　　……… 贺知章 063
春江花月夜
　　……… 张若虚 064

望月怀远 … 张九龄 065
赋得自君之出矣
　　……… 张九龄 066
登鹳雀楼 … 王之涣 066
凉州词 …… 王之涣 066
秋登兰山寄张五
　　……… 孟浩然 067
夜归鹿门歌
　　……… 孟浩然 067
夏日南亭怀辛大
　　……… 孟浩然 068
望洞庭湖赠张丞相
　　……… 孟浩然 068
宿桐庐江寄广陵旧游
　　……… 孟浩然 069
与诸子登岘山
　　……… 孟浩然 069
过故人庄 … 孟浩然 070
春晓 ……… 孟浩然 070
宿建德江 … 孟浩然 071
早寒江上有怀 ………
　　……… 孟浩然 071

从军行(其一)
　　　……王昌龄 072
从军行(其四)
　　　……王昌龄 072
从军行(其五)
　　　……王昌龄 072
出塞 ……王昌龄 073
采莲曲 ……王昌龄 073
长信秋词(其三)
　　　……王昌龄 073
闺怨 ……王昌龄 074
芙蓉楼送辛渐
　　　……王昌龄 074
终南望余雪
　　　……祖　咏 074
渭川田家 …王　维 075
杂诗 ………王　维 075
辋川闲居赠裴秀才迪
　　　……王　维 076
山居秋暝 …王　维 076
终南别业 …王　维 077
终南山 ……王　维 077
观猎 ………王　维 078

汉江临眺 …王　维 078
使至塞上 …王　维 079
积雨辋川庄作
　　　……王　维 079
鹿柴 ………王　维 080
竹里馆 ……王　维 080
辛夷坞 ……王　维 080
鸟鸣涧 ……王　维 081
山中送别 …王　维 081
相思 ………王　维 081
少年行 ……王　维 082
九月九日忆山东兄弟
　　　……王　维 082
送元二使安西
　　　……王　维 082
送沈子福归江东
　　　……王　维 083
燕歌行 ……高　适 083
营州歌 ……高　适 084
别董大 ……高　适 085
古风(其十九)
　　　……李　白 085
蜀道难 ……李　白 086

将进酒 …… 李　白 088
行路难（其一）
　　……… 李　白 089
关山月 …… 李　白 089
古朗月行 … 李　白 090
玉阶怨 …… 李　白 091
静夜思 …… 李　白 091
子夜吴歌·秋歌
　　……… 李　白 092
横江词（其四）
　　……… 李　白 092
秋浦歌（其十五）
　　……… 李　白 092
峨眉山月歌
　　…… 李　白 093
赠汪伦 …… 李　白 093
闻王昌龄左迁龙标遥有此
寄 ………… 李　白 093
梦游天姥吟留别
　　……… 李　白 094
金陵酒肆留别
　　……… 李　白 096

黄鹤楼送孟浩然之广陵
　　……… 李　白 096
渡荆门送别
　　……… 李　白 096
送友人 …… 李　白 097
宣州谢朓楼饯别校书叔云
　　……… 李　白 097
山中问答 … 李　白 098
陪侍郎叔游洞庭醉后（其
三）
　　……… 李　白 099
登金陵凤凰台
　　……… 李　白 099
望庐山瀑布
　　……… 李　白 100
望天门山 … 李　白 100
客中作 …… 李　白 100
夜下征虏亭
　　……… 李　白 101
早发白帝城
　　……… 李　白 101
月下独酌 … 李　白 101

独坐敬亭山
　　………李　白 102
春夜洛城闻笛
　　………李　白 102
次北固山下
　　………王　湾 103
黄鹤楼 …… 崔　颢 103
长干曲(其一)
　　………崔　颢 104
长干曲(其二)
　　………崔　颢 104
凉州词 …… 王　翰 104
桃花溪 …… 张　旭 105
山中留客 … 张　旭 105
早梅 ……… 张　谓 105
逢雪宿芙蓉山主人
　　………刘长卿 106
听弹琴 …… 刘长卿 106
送灵澈上人
　　………刘长卿 106
劝学 ……… 颜真卿 107
省试湘灵鼓瑟
　　………钱　起 107

归雁 ……… 钱　起 108
望岳 ……… 杜　甫 108
奉赠韦左丞丈二十二韵
　　………杜　甫 109
登岳阳楼 … 杜　甫 111
兵车行 …… 杜　甫 111
春日忆李白
　　………杜　甫 113
前出塞 …… 杜　甫 113
丽人行 …… 杜　甫 114
登楼 ……… 杜　甫 115
自京赴奉先县咏怀五百字
　　………杜　甫 115
月夜 ……… 杜　甫 120
春望 ……… 杜　甫 120
曲江二首(其一)
　　………杜　甫 121
曲江二首(其二)
　　………杜　甫 121
石壕吏 …… 杜　甫 122
天末怀李白
　　………杜　甫 123

月夜忆舍弟
　　………　杜　甫 123
蜀相 ………　杜　甫 124
春夜喜雨 …　杜　甫 124
茅屋为秋风所破歌
　　………　杜　甫 125
赠花卿 ……　杜　甫 126
江畔独步寻花(其五)
　　………　杜　甫 126
江畔独步寻花(其六)
　　………　杜　甫 127
江畔独步寻花(其七)
　　………　杜　甫 127
闻官军收河南河北
　　………　杜　甫 127
绝句二首(其一)
　　………　杜　甫 128
绝句二首(其二)
　　………　杜　甫 128
绝句四首(其三)
　　………　杜　甫 129
旅夜书怀 …　杜　甫 129
八阵图 ……　杜　甫 130

秋兴八首(其一)
　　………　杜　甫 130
咏怀古迹 …　杜　甫 131
登高 ………　杜　甫 131
江南逢李龟年
　　………　杜　甫 132
白雪歌送武判官归京
　　………　岑　参 132
走马川行奉送封大夫出师
西征 ………　岑　参 133
山房春事 …　岑　参 134
逢入京使 …　岑　参 134
碛中作 ……　岑　参 134
月夜 ………　刘方平 135
江村即事 …　司空曙 135
枫桥夜泊 …　张　继 135
寒食 ………　韩　翃 136
咏绣障 ……　胡令能 136
小儿垂钓 …　胡令能 136
兰溪棹歌 …　戴叔伦 137
题三闾大夫庙
　　………　戴叔伦 137
滁州西涧 …　韦应物 137

塞下曲(其二)
　　……… 卢　纶 138
塞下曲(其三)
　　……… 卢　纶 138
汴河曲 …… 李　益 138
宫怨 ……… 李　益 139
闻笛
　　……… 戎　昱 139
游子吟 …… 孟　郊 140
题都城南庄
　　……… 崔　护 140
题破山寺后禅院
　　……… 常　建 140
三日寻李九庄
　　……… 常　建 141
秋思 ……… 张　籍 141
新嫁娘(其三)
　　……… 王　建 142
雨过山村 … 王　建 142
十五夜望月
　　……… 王　建 142
春雪 ……… 韩　愈 143
晚春 ……… 韩　愈 143

左迁至蓝关示侄孙湘
　　……… 韩　愈 143
早春呈水部张十八员外
(其一) …… 韩　愈 144
早春呈水部张十八员外
(其二) …… 韩　愈 144
石头城 …… 刘禹锡 145
西塞山怀古
　　……… 刘禹锡 145
秋风引 …… 刘禹锡 146
秋词 ……… 刘禹锡 146
竹枝词 …… 刘禹锡 146
杨柳枝词(其四)
　　……… 刘禹锡 147
杨柳枝词(其八)
　　……… 刘禹锡 147
酬乐天扬州初逢席上见赠
　　……… 刘禹锡 147
浪淘沙 …… 刘禹锡 148
再游玄都观
　　……… 刘禹锡 148
乌衣巷 …… 刘禹锡 149
望洞庭 …… 刘禹锡 149

卖炭翁 …… 白居易 149	菊花 ……… 元 稹 165
望月有感 … 白居易 150	题李凝幽居
长恨歌 …… 白居易 151	………… 贾 岛 165
琵琶行并序	寻隐者不遇
………… 白居易 156	………… 贾 岛 166
赋得古原草送别	题诗后 …… 贾 岛 166
………… 白居易 160	咸阳城西楼晚眺
大林寺桃花	………… 许 浑 167
………… 白居易 161	李凭箜篌引
问刘十九 … 白居易 161	………… 李 贺 167
暮江吟 …… 白居易 161	雁门太守行
池上 ……… 白居易 162	………… 李 贺 168
钱塘湖春行	南园 ……… 李 贺 168
………… 白居易 162	马诗 ……… 李 贺 169
悯农（其一）	金铜仙人辞汉歌
………… 李 绅 163	………… 李 贺 169
悯农（其二）	过华清宫 … 杜 牧 170
………… 李 绅 163	江南春绝句
登柳州城楼寄漳汀封连四	………… 杜 牧 170
州 ……… 柳宗元 163	赤壁 ……… 杜 牧 170
江雪 ……… 柳宗元 164	泊秦淮 …… 杜 牧 171
渔翁 ……… 柳宗元 164	寄扬州韩绰判官
行宫 ……… 元 稹 165	………… 杜 牧 171

赠别（其一）
　　……… 杜　牧 171
赠别（其二）
　　……… 杜　牧 172
山行 ……… 杜　牧 172
清明 ……… 杜　牧 172
秋夕 ……… 杜　牧 173
遣怀 ……… 杜　牧 173
长安秋望 … 赵　嘏 173
闻笛 ……… 赵　嘏 174
题君山 …… 雍　陶 174
商山早行 … 温庭筠 175
锦瑟 ……… 李商隐 175
登乐游原 … 李商隐 176
夜雨寄北 … 李商隐 176
嫦娥 ……… 李商隐 176
宿骆氏亭寄怀崔雍崔衮
　　……… 李商隐 177
无题（其二）
　　……… 李商隐 177
无题（其五）
　　……… 李商隐 178
晚晴 ……… 李商隐 178

蜂 ………… 罗　隐 179
忆昔 ……… 韦　庄 179
台城 ……… 韦　庄 180
题菊花 …… 黄　巢 180
菊花 ……… 黄　巢 180
雨晴 ……… 王　驾 181
金缕衣 …………… 181

宋元诗歌 ……… 182

山园小梅 … 林　逋 182
江上渔者 … 范仲淹 182
寓意 ……… 晏　殊 183
鲁山山行 … 梅尧臣 183
戏答元珍 … 欧阳修 184
画眉鸟 …… 欧阳修 184
城南 ……… 曾　巩 185
蚕妇 ……… 张　俞 185
梅花 ……… 王安石 185
元日 ……… 王安石 186
泊船瓜洲 … 王安石 186
书湖阴先生壁
　　……… 王安石 186
登飞来峰 … 王安石 187

明妃曲(其一)	春日 ……… 晁冲之 194
……… 王安石 187	春游湖 ……… 徐 俯 195
寒夜 ……… 杜 耒 188	绝句 ……… 吴 涛 195
春日偶成 … 程 颢 188	山亭夏日 … 高 骈 195
送春 ……… 王 令 189	吴门道中 … 孙 觌 196
六月二十七日望湖楼醉书	三衢道中 … 曾 几 196
……… 苏 轼 189	夏日绝句 … 李清照 196
饮湖上初晴后雨(其二)	书愤(其一) ………
……… 苏 轼 189	……… 陆 游 197
新城道中(其一)	临安春雨初霁
……… 苏 轼 190	……… 陆 游 197
惠崇《春江晓景》	秋夜将晓出篱门迎凉有感
……… 苏 轼 190	……… 陆 游 198
题西林壁 … 苏 轼 191	十一月四日风雨大作
春宵 ……… 苏 轼 191	……… 陆 游 198
赠刘景文 … 苏 轼 191	沈园(其一) ………
和子由渑池怀旧	……… 陆 游 198
……… 苏 轼 192	沈园(其二) ………
绝句 ……… 王 雱 192	……… 陆 游 199
登快阁 …… 黄庭坚 193	示儿 ……… 陆 游 199
寄黄几复 … 黄庭坚 193	游山西村 … 陆 游 199
村晚 ……… 雷 震 194	四时田园杂兴(其二十五)
雪梅 ……… 卢梅坡 194	……… 范成大 200

四时田园杂兴(其三十一)
　　……… 范成大 200
闲居初夏午睡
　　……… 杨万里 201
小池 ……… 杨万里 201
晓出净慈寺送林子方
　　……… 杨万里 201
过松源晨炊漆公店
　　……… 杨万里 202
宿新市徐公店
　　……… 杨万里 202
春日 ……… 朱　熹 202
观书有感 … 朱　熹 203
立春偶成 … 张　栻 203
村店 ……… 刘　过 203
新凉 ……… 徐　玑 204
乡村四月 … 翁　卷 204
约客 ……… 赵师秀 204
江村晚眺 … 戴复古 205
夜书所见 … 叶绍翁 205
游园不值 … 叶绍翁 205
题临安邸 … 林　升 206
莺梭 ……… 刘克庄 206

绝句 ……… 僧志南 206
湖上 ……… 徐元杰 207
过零丁洋 … 文天祥 207
正气歌 …… 文天祥 208
村行 ……… 高士谈 210
春游 ……… 赵秉文 211
同儿辈赋未开海棠
　　……… 元好问 211
观梅有感 … 刘　因 211
上京即事 … 萨都剌 212
墨梅 ……… 王　冕 212
劲草行 …… 王　冕 212
题苏武牧羊图
　　……… 杨维桢 213

明清诗歌 ……… 214
登金陵雨花台望大江
　　……… 高　启 214
石灰吟 …… 于　谦 215
言志 ……… 唐　寅 215
题美人 …… 边　贡 216
济上作 …… 徐祯卿 216
和聂仪部明妃曲(其三)
　　……… 李攀龙 216

萧皋别业竹枝词(其二)
………… 沈明臣 217
壬戌清明作
………… 屈大均 217
真州绝句 … 王士禛 218
别云间 …… 夏完淳 218
湖楼题壁 … 厉　鹗 219
竹石 ……… 郑　燮 219
所见 ……… 袁　枚 219
论诗 ……… 赵　翼 220

岁暮到家 … 蒋士铨 220
己亥杂诗(其五)
………… 龚自珍 221
己亥杂诗(其二百二十)
………… 龚自珍 221
赴戍登程口占示家人(其二) ………… 林则徐 221
今别离(其一)
……… 黄遵宪 222
村居 ……… 高　鼎 223

先秦两汉诗歌

击壤歌

日出而作，日入而息。凿井而饮，耕田而食。帝力于我何有哉？

孺子歌

沧浪之水清兮，可以濯我缨。沧浪之水浊兮，可以濯我足。

易水歌 荆轲

风萧萧兮易水寒,壮士一去兮不复还。探虎穴兮入蛟宫,仰天呼气兮成白虹。

垓下歌 项羽

力拔山兮气盖世,时不利兮骓不逝。骓不逝兮可奈何,虞兮虞兮奈若何!

大风歌　刘邦

大风起兮云飞扬，威加海内兮归故乡。安得猛士兮守四方？

北方有佳人　李延年

北方有佳人，绝世而独立。一顾倾人城，再顾倾人国。宁不知倾城与倾国？佳人难再得！

羽林郎　辛延年

昔有霍家奴，姓冯名子都。

依倚将军势,调笑酒家胡。
胡姬年十五,春日独当垆。
长裾连理带,广袖合欢襦。
头上蓝田玉,耳后大秦珠。
两鬟何窈窕,一世良所无。
一鬟五百万,两鬟千万余。
不意金吾子,娉婷过我庐。
银鞍何煜爚,翠盖空踟蹰。
就我求清酒,丝绳提玉壶。
就我求珍肴,金盘脍鲤鱼。
贻我青铜镜,结我红罗裾。
不惜红罗裂,何论轻贱躯!
男儿爱后妇,女子重前夫。

人生有新故,贵贱不相逾。
多谢金吾子,私爱徒区区。

乐府民歌

有所思

有所思,乃在大海南。何用问遗君?双珠玳瑁簪,用玉绍缭之。闻君有他心,拉杂摧烧之。摧烧之,当风扬其灰。从今以往,勿复相思!相思与君绝!鸡鸣狗吠,兄嫂当知之。妃呼狶!秋风肃肃晨风飔,东方须臾高知之。

上邪

上邪！我欲与君相知，长命无绝衰。山无陵，江水为竭，冬雷震震，夏雨雪，天地合，乃敢与君绝。

江南

江南可采莲，莲叶何田田。鱼戏莲叶间。鱼戏莲叶东，鱼戏莲叶西，鱼戏莲叶南，鱼戏莲叶北。

陌上桑 (mò shàng sāng)

日出东南隅,照我秦氏楼。秦氏有好女,自名为罗敷。罗敷善蚕桑,采桑城南隅。青丝为笼系,桂枝为笼钩。头上倭堕髻,耳中明月珠。缃绮为下裙,紫绮为上襦。行者见罗敷,下担捋髭须。少年见罗敷,脱帽著帩头。耕者忘其犁,锄者忘其锄。来归相怨怒,但坐观罗敷。

使君从南来,五马立踟蹰。使君遣吏往,问是谁家姝。"秦氏有好女,自名为罗敷。""罗敷年几何?""二十尚不

足，十五颇有余。"使君谢罗敷："宁可共载不？"

罗敷前置词："使君一何愚！使君自有妇，罗敷自有夫。东方千余骑，夫婿居上头。何用识夫婿？白马从骊驹，青丝系马尾，黄金络马头；腰中鹿卢剑，可值千万余。十五府小吏，二十朝大夫，三十侍中郎，四十专城居。为人洁白晰，鬑鬑颇有须；盈盈公府步，冉冉府中趋。坐中数千人，皆言夫婿殊。"

饮马长城窟行

青青河畔草，绵绵思远道。

远道不可思,宿昔梦见之。
梦见在我傍,忽觉在他乡。
他乡各异县,展转不相见。
枯桑知天风,海水知天寒。
入门各自媚,谁肯相为言!
客从远方来,遗我双鲤鱼。
呼儿烹鲤鱼,中有尺素书。
长跪读素书,书中竟何如?
上言加餐食,下言长相忆。

长歌行

青青园中葵,朝露待日晞。
阳春布德泽,万物生光辉。

常恐秋节至,焜黄华叶衰。
百川东到海,何时复西归?
少壮不努力,老大徒伤悲。

十五从军征

十五从军征,八十始得归。
道逢乡里人:"家中有阿谁?"
"遥望是君家,松柏冢累累。"
兔从狗窦入,雉从梁上飞。
中庭生旅谷,井上生旅葵。
舂谷持作饭,采葵持作羹。
羹饭一时熟,不知贻阿谁。
出门东向看,泪落沾我衣。

孔雀东南飞 并序

汉末建安中,庐江府小吏焦仲卿妻刘氏,为仲卿母所遣,自誓不嫁。其家逼之,乃投水而死。仲卿闻之,亦自缢于庭树。时人伤之,为诗云尔。

孔雀东南飞,五里一徘徊。

"十三能织素,十四学裁衣,十五弹箜篌,十六诵诗书。十七为君妇,心中常苦悲。君既为府吏,守节情不移。贱妾留空房,相见常日稀。鸡鸣入机织,夜夜不得息。三日断五匹,大人故嫌迟。非为织作迟,君家妇难为!妾不堪驱使,徒留无所施,便可白公姥,及时相遣归。"

府吏得闻之,堂上启阿母:"儿已薄禄相,幸复得此妇,结发同枕席,黄泉共为友。共事二三年,始尔未为久,女行无偏斜,何意致不厚?"

阿母谓府吏:"何乃太区区!此妇无礼节,举动自专由。吾意久怀忿,汝岂得自由!东家有贤女,自名秦罗敷,可怜体无比,阿母为汝求。便可速遣之,遣去慎莫留!"

府吏长跪告:"伏惟启阿母,今若遣

此妇,终老不复取!"

阿母得闻之,槌床便大怒:"小子无所畏,何敢助妇语!吾已失恩义,会不相从许!"

府吏默无声,再拜还入户。举言谓新妇,哽咽不能语:"我自不驱卿,逼迫有阿母。卿但暂还家,吾今且报府。不久当归还,还必相迎取。以此下心意,慎勿违吾语。"

新妇谓府吏:"勿复重纷纭。往昔初阳岁,谢家来贵门。奉事循公姥,进止敢自专?昼夜勤作息,伶俜萦苦辛。谓言无罪过,供养卒大恩;仍更被驱遣,何

言复来还！妾有绣腰襦，葳蕤自生光；红罗复斗帐，四角垂香囊；箱帘六七十，绿碧青丝绳，物物各自异，种种在其中。人贱物亦鄙，不足迎后人，留待作遗施，于今无会因。时时为安慰，久久莫相忘！"

鸡鸣外欲曙，新妇起严妆。著我绣夹裙，事事四五通。足下蹑丝履，头上玳瑁光。腰若流纨素，耳著明月珰。指如削葱根，口如含朱丹。纤纤作细步，精妙世无双。

上堂拜阿母，阿母怒不止。"昔作女儿时，生小出野里。本自无教训，兼

愧贵家子。受母钱帛多,不堪母驱使。今日还家去,念母劳家里。"却与小姑别,泪落连珠子。"新妇初来时,小姑始扶床;今日被驱遣,小姑如我长。勤心养公姥,好自相扶将。初七及下九,嬉戏莫相忘。"出门登车去,涕落百余行。

　　府吏马在前,新妇车在后,隐隐何甸甸,俱会大道口。下马入车中,低头共耳语:"誓不相隔卿,且暂还家去;吾今且赴府,不久当还归,誓天不相负!"

　　新妇谓府吏:"感君区区怀!君既若见录,不久望君来。君当做磐石,妾当做蒲苇;蒲苇纫如丝,磐石无转移。

我有亲父兄,性行暴如雷,恐不任我意,逆以煎我怀。"举手长劳劳,二情同依依。

入门上家堂,进退无颜仪。阿母大拊掌,不图子自归:"十三教汝织,十四能裁衣,十五弹箜篌,十六知礼仪,十七遣汝嫁,谓言无誓违。汝今何罪过,不迎而自归?"兰芝惭阿母:"儿实无罪过。"阿母大悲摧。

还家十余日,县令遣媒来。云有第三郎,窈窕世无双,年始十八九,便言多令才。

阿母谓阿女:"汝可去应之。"

阿女含泪答:"兰芝初还时,府吏见丁宁,结誓不别离。今日违情义,恐此事非奇。自可断来信,徐徐更谓之。"

阿母白媒人:"贫贱有此女,始适还家门。不堪吏人妇,岂合令郎君?幸可广问讯,不得便相许。"媒人去数日,寻遣丞请还,说有兰家女,承籍有宦官。云有第五郎,娇逸未有婚。遣丞为媒人,主簿通语言。直说太守家,有此令郎君,既欲结大义,故遣来贵门。

阿母谢媒人:"女子先有誓,老姥岂敢言!"

阿兄得闻之,怅然心中烦,举言谓

阿妹:"作计何不量!先嫁得府吏,后嫁得郎君,否泰如天地,足以荣汝身。不嫁义郎体,其往欲何云?"

兰芝仰头答:"理实如兄言。谢家事夫婿,中道还兄门。处分适兄意,那得自任专!虽与府吏要,渠会永无缘。登即相许和,便可作婚姻。"

媒人下床去,诺诺复尔尔。还部白府君:"下官奉使命,言谈大有缘。"府君得闻之,心中大欢喜。视历复开书:便利此月内,六合正相应。良吉三十日,今已二十七,卿可去成婚。交语速装束,络绎如浮云。青雀白鹄舫,四角龙子幡,婀娜随风转。金车玉作轮,踯躅青骢马,流苏金镂鞍。赍钱三百万,皆用青丝穿。杂彩三百匹,交广市鲑珍。从人四五百,郁郁登郡门。

阿母谓阿女:"适得府君书,明日来迎汝。何不作衣裳?莫令事不举!"

阿女默无声,手巾掩口啼,泪落便如泻。移我琉璃榻,出置前窗下。左手持刀尺,右手执绫罗。朝成绣夹裙,晚成单罗衫。晻晻日欲暝,愁思出门啼。

府吏闻此变,因求假暂归。未至二三里,摧藏马悲哀。新妇识马声,蹑履相逢迎。怅然遥相望,知是故人来。举

手拍马鞍,嗟叹使心伤:"自君别我后,人事不可量。果不如先愿,又非君所详。我有亲父母,逼迫兼弟兄,以我应他人,君还何所望!"

府吏谓新妇:"贺卿得高迁!磐石方且厚,可以卒千年。蒲苇一时纫,便作旦夕间。卿当日胜贵,吾独向黄泉!"

新妇谓府吏:"何意出此言!同是被逼迫,君尔妾亦然。黄泉下相见,勿违今日言!"执手分道去,各各还家门。生人作死别,恨恨那可论?念与世间辞,千万不复全!

府吏还家去,上堂拜阿母:"今日大

风寒,寒风摧树木,严霜结庭兰。儿今日冥冥,令母在后单。故作不良计,勿复怨鬼神!命如南山石,四体康且直!"

阿母得闻之,零泪应声落:"汝是大家子,仕宦于台阁,慎勿为妇死,贵贱情何薄!东家有贤女,窈窕艳城郭,阿母为汝求,便复在旦夕。"

府吏再拜还,长叹空房中,作计乃尔立。转头向户里,渐见愁煎迫。

其日牛马嘶,新妇入青庐。奄奄黄昏后,寂寂人定初。"我命绝今日,魂去尸长留!"揽裙脱丝履,举身赴清池。

府吏闻此事,心知长别离,徘徊庭

树下,自挂东南枝。
两家求合葬,合葬华山傍。东西植松柏,左右种梧桐。枝枝相覆盖,叶叶相交通。中有双飞鸟,自名为鸳鸯,仰头相向鸣,夜夜达五更。行人驻足听,寡妇起彷徨。多谢后世人,戒之慎勿忘!

古诗十九首

行行重行行

行行重行行,与君生别离。
相去万余里,各在天一涯。

道路阻且长，会面安可知？
胡马依北风，越鸟巢南枝。
相去日已远，衣带日已缓。
浮云蔽白日，游子不顾返。
思君令人老，岁月忽已晚。
弃捐勿复道，努力加餐饭！

 **今日良宴会**

今日良宴会，欢乐难具陈。
弹筝奋逸响，新声妙入神。
令德唱高言，识曲听其真。
齐心同所愿，含意俱未申。
人生寄一世，奄忽若飙尘。

何不策高足，先据要路津？
无为守穷贱，轗轲长苦辛。

西北有高楼

西北有高楼，上与浮云齐。
交疏结绮窗，阿阁三重阶。
上有弦歌声，音响一何悲！
谁能为此曲？无乃杞梁妻。
清商随风发，中曲正徘徊。
一弹再三叹，慷慨有余哀。
不惜歌者苦，但伤知音稀。
愿为双鸿鹄，奋翅起高飞。

涉江采芙蓉

涉江采芙蓉，兰泽多芳草。
采之欲遗谁？所思在远道。
还顾望旧乡，长路漫浩浩。
同心而离居，忧伤以终老。

迢迢牵牛星

迢迢牵牛星，皎皎河汉女。
纤纤擢素手，札札弄机杼。
终日不成章，泣涕零如雨。
河汉清且浅，相去复几许？
盈盈一水间，脉脉不得语。

回车驾言迈

回车驾言迈,悠悠涉长道。
四顾何茫茫,东风摇百草。
所遇无故物,焉得不速老?
盛衰各有时,立身苦不早。
人生非金石,岂能长寿考?
奄忽随物化,荣名以为宝。

明月何皎皎

明月何皎皎,照我罗床帏。
忧愁不能寐,揽衣起徘徊。
客行虽云乐,不如早旋归。

出户独彷徨，愁思当告谁！
引领还入房，泪下沾裳衣。

027

先秦两汉诗歌

魏晋南北朝诗歌

短歌行 曹操

对酒当歌,人生几何!
譬如朝露,去日苦多。
慨当以慷,幽思难忘。
何以解忧?唯有杜康。
青青子衿,悠悠我心。
但为君故,沉吟至今。
呦呦鹿鸣,食野之苹。
我有嘉宾,鼓瑟吹笙。
明明如月,何时可掇?

忧从中来,不可断绝。
越陌度阡,枉用相存。
契阔谈䜩,心念旧恩。
月明星稀,乌鹊南飞。
绕树三匝,何枝可依?
山不厌高,海不厌深。
周公吐哺,天下归心。

观沧海 曹操

东临碣石,以观沧海。
水何澹澹,山岛竦峙。
树木丛生,百草丰茂。
秋风萧瑟,洪波涌起。

魏晋南北朝诗歌

日月之行，若出其中；
星汉灿烂，若出其里。
幸甚至哉，歌以咏志。

龟虽寿 曹操

神龟虽寿，犹有竟时。
腾蛇乘雾，终为土灰。
老骥伏枥，志在千里。
烈士暮年，壮心不已。
盈缩之期，不但在天；
养怡之福，可得永年。
幸甚至哉，歌以咏志。

燕歌行 曹丕

秋风萧瑟天气凉,草木摇落露为霜。群燕辞归雁南翔,念君客游思断肠。慊慊思归恋故乡,何为淹留寄他方?贱妾茕茕守空房,忧来思君不敢忘,不觉泪下沾衣裳。援琴鸣弦发清商,短歌微吟不能长。明月皎皎照我床,星汉西流夜未央。牵牛织女遥相望,尔独何辜限河梁?

杂诗 曹丕

漫漫秋夜长,烈烈北风凉。

展转不能寐,披衣起彷徨。
彷徨忽已久,白露沾我裳。
俯视清水波,仰看明月光。
天汉回西流,三五正纵横。
草虫鸣何悲,孤雁独南翔。
郁郁多悲思,绵绵思故乡。
愿飞安得翼,欲济河无梁。
向风长叹息,断绝我中肠。

白马篇 曹植

白马饰金羁,连翩西北驰。
借问谁家子?幽并游侠儿。
少小去乡邑,扬声沙漠垂。

宿昔秉良弓，楛矢何参差。
控弦破左的，右发摧月支。
仰手接飞猱，俯身散马蹄。
狡捷过猴猿，勇剽若豹螭。
边城多警急，虏骑数迁移。
羽檄从北来，厉马登高堤。
长驱蹈匈奴，左顾凌鲜卑。
弃身锋刃端，性命安可怀？
父母且不顾，何言子与妻？
名编壮士籍，不得中顾私。
捐躯赴国难，视死忽如归。

七哀 曹植

明月照高楼,流光正徘徊。
上有愁思妇,悲叹有余哀。
借问叹者谁?言是宕子妻。
君行逾十年,孤妾常独栖。
君若清路尘,妾若浊水泥。
浮沉各异势,会合何时谐?
愿为西南风,长逝入君怀。
君怀良不开,贱妾当何依?

七步诗 曹植

煮豆持作羹,漉豉以为汁。

萁在釜下燃，豆在釜中泣。
本是同根生，相煎何太急！

咏怀诗（其一） 阮籍

夜中不能寐，起坐弹鸣琴。
薄帷鉴明月，清风吹我衿。
孤鸿号外野，翔鸟鸣北林。
徘徊将何见，忧思独伤心。

赴洛道中作（其二） 陆机

远游越山川，山川修且广。
振策陟崇丘，案辔遵平莽。
夕息抱影寐，朝徂衔思往。

顿辔倚嵩岩，侧听悲风响。
清露坠素辉，明月一何朗！
抚枕不能寐，振衣独长想。

咏史（其二） 左思

郁郁涧底松，离离山上苗。
以彼径寸茎，荫此百尺条。
世胄蹑高位，英俊沉下僚。
地势使之然，由来非一朝。
金张籍旧业，七叶珥汉貂。
冯公岂不伟，白首不见招。

归园田居(其一)

陶渊明

少无适俗韵,性本爱丘山。
误落尘网中,一去三十年。
羁鸟恋旧林,池鱼思故渊。
开荒南野际,守拙归园田。
方宅十余亩,草屋八九间;
榆柳荫后檐,桃李罗堂前。
暧暧远人村,依依墟里烟。
狗吠深巷中,鸡鸣桑树巅。
户庭无尘杂,虚室有余闲。
久在樊笼里,复得返自然。

归园田居(其三) 陶渊明

种豆南山下,草盛豆苗稀。
晨兴理荒秽,带月荷锄归。
道狭草木长,夕露沾我衣。
衣沾不足惜,但使愿无违。

饮酒(其五) 陶渊明

结庐在人境,而无车马喧。
问君何能尔?心远地自偏。
采菊东篱下,悠然见南山。
山气日夕佳,飞鸟相与还。
此中有真意,欲辨已忘言。

移居（其一）
陶渊明

昔欲居南村，非为卜其宅。
闻多素心人，乐与数晨夕。
怀此颇有年，今日从兹役。
弊庐何必广，取足蔽床席。
邻曲时时来，抗言谈在昔。
奇文共欣赏，疑义相与析。

杂诗（其一）
陶渊明

人生无根蒂，飘如陌上尘。
分散逐风转，此已非常身。
落地为兄弟，何必骨肉亲！

得欢当作乐,斗酒聚比邻。
盛年不重来,一日难再晨。
及时当勉励,岁月不待人。

咏荆轲 陶渊明

燕丹善养士,志在报强嬴。
招集百夫良,岁暮得荆卿。
君子死知己,提剑出燕京。
素骥鸣广陌,慷慨送我行。
雄发指危冠,猛气充长缨。
饮饯易水上,四座列群英。
渐离击悲筑,宋意唱高声。
萧萧哀风逝,淡淡寒波生。

商音更流涕，羽奏壮士惊。
心知去不归，且有后世名。
登车何时顾，飞盖入秦庭。
凌厉越万里，逶迤过千城。
图穷事自至，豪主正怔营。
惜哉剑术疏，奇功遂不成。
其人虽已没，千载有余情。

读《山海经》（其一）
陶渊明

孟夏草木长，绕屋树扶疏。
众鸟欣有托，吾亦爱吾庐。
既耕亦已种，时还读我书。
穷巷隔深辙，颇回故人车。

欢然酌春酒，摘我园中蔬。
微雨从东来，好风与之俱。
泛览周王传，流观山海图。
俯仰终宇宙，不乐复何如。

读《山海经》（其二） 陶渊明

精卫衔微木，将以填沧海。
刑天舞干戚，猛志故常在。
同物既无虑，化去不复悔。
徒设在昔心，良晨讵可待？

登池上楼 谢灵运

潜虬媚幽姿，飞鸿响远音。

薄霄愧云浮,栖川怍渊沉。
进德智所拙,退耕力不任。
徇禄及穷海,卧疴对空林。
衾枕昧节候,褰开暂窥临。
倾耳聆波澜,举目眺岖嵚。
初景革绪风,新阳改故阴。
池塘生春草,园柳变鸣禽。
祁祁伤豳歌,萋萋感楚吟。
索居易永久,离群难处心。
持操岂独古,无闷征在今。

石壁精舍还湖中作 谢灵运

昏旦变气候,山水含清晖。

清晖能娱人,游子憺忘归。
出谷日尚早,入舟阳已微。
林壑敛暝色,云霞收夕霏。
芰荷迭映蔚,蒲稗相因依。
披拂趋南径,愉悦偃东扉。
虑淡物自轻,意惬理无违。
寄言摄生客,试用此道推。

拟行路难(其六) 鲍照

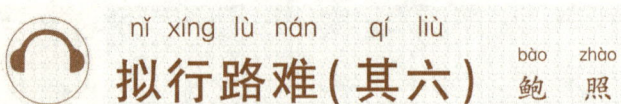

对案不能食,拔剑击柱长叹息。丈夫生世会几时,安能蹀躞垂羽翼?弃置罢官去,还家自休息。朝出与亲辞,暮还在亲侧。弄儿床前戏,看妇机中织。

自古圣贤尽贫贱,何况我辈孤且直!

晚登三山还望京邑　谢朓

灞涘望长安,河阳视京县。
白日丽飞甍,参差皆可见。
余霞散成绮,澄江静如练。
喧鸟覆春洲,杂英满芳甸。
去矣方滞淫,怀哉罢欢宴。
佳期怅何许,泪下如流霰。
有情知望乡,谁能鬒不变!

山中杂诗　吴均

山际见来烟,竹中窥落日。

鸟向檐上飞，云从窗里出。

拟咏怀（其七） 庾信

榆关断音信，汉使绝经过。
胡笳落泪曲，羌笛断肠歌。
纤腰减束素，别泪损横波。
恨心终不歇，红颜无复多。
枯木期填海，青山望断河。

梅花 庾信

当年腊月半，已觉梅花阑。
不信今春晚，俱来雪里看。
树动悬冰落，枝高出手寒。

早知觅不见，真悔著衣单。

赠范晔　陆凯

折梅逢驿使，寄与陇头人。
江南无所有，聊赠一枝春。

入若耶溪　王籍

舻舳何泛泛，空水共悠悠。
阴霞生远岫，阳景逐回流。
蝉噪林逾静，鸟鸣山更幽。
此地动归念，长年悲倦游。

别毛永嘉

徐陵

愿子厉风规，归来振羽仪。
嗟余今老病，此别空长离。
白马君来哭，黄泉我讵知。
徒劳脱宝剑，空挂陇头枝。

乐府民歌

西洲曲

忆梅下西洲，折梅寄江北。
单衫杏子红，双鬓鸦雏色。
西洲在何处？两桨桥头渡。

日暮伯劳飞，风吹乌臼树。
树下即门前，门中露翠钿。
开门郎不至，出门采红莲。
采莲南塘秋，莲花过人头。
低头弄莲子，莲子青如水。
置莲怀袖中，莲心彻底红。
忆郎郎不至，仰首望飞鸿。
鸿飞满西洲，望郎上青楼。
楼高望不见，尽日栏杆头。
栏杆十二曲，垂手明如玉。
卷帘天自高，海水摇空绿。
海水梦悠悠，君愁我亦愁。
南风知我意，吹梦到西洲。

陇头歌辞

陇头流水，流离山下。
念吾一身，飘然旷野。
朝发欣城，暮宿陇头。
寒不能语，舌卷入喉。
陇头流水，鸣声幽咽。
遥望秦川，心肝断绝。

木兰诗

唧唧复唧唧，木兰当户织。不闻机杼声，惟闻女叹息。问女何所思，问女何所忆。女亦无所思,女亦无所忆。昨夜见军帖,可汗大点兵,军书十二卷,卷卷有爷名。阿爷无大儿,木兰无长兄。愿为市鞍马,从此替爷征。

东市买骏马,西市买鞍鞯,南市买辔头,北市买长鞭。旦辞爷娘去,暮宿黄河边,不闻爷娘唤女声,但闻黄河流水鸣溅溅。旦辞黄河去,暮至黑山头,不闻爷娘唤女声,但闻燕山胡骑鸣啾啾。

万里赴戎机,关山度若飞。朔气传金柝,寒光照铁衣。将军百战死,壮士十年归。

归来见天子,天子坐明堂。策勋十

二转，赏赐百千强。可汗问所欲，木兰不用尚书郎；愿驰千里足，送儿还故乡。

爷娘闻女来，出郭相扶将；阿姊闻妹来，当户理红妆；小弟闻姊来，磨刀霍霍向猪羊。开我东阁门，坐我西阁床，脱我战时袍，著我旧时裳，当窗理云鬓，对镜帖花黄。出门看火伴，火伴皆惊忙：同行十二年，不知木兰是女郎。

雄兔脚扑朔，雌兔眼迷离；双兔傍地走，安能辨我是雄雌？

敕勒歌 (chì lè gē)

敕勒川，阴山下。天似穹庐，笼盖四野。天苍苍，野茫茫。风吹草低见牛羊。

隋唐五代诗歌

人日思归
薛道衡

入春才七日,离家已二年。
人归落雁后,思发在花前。

蝉
虞世南

垂緌饮清露,流响出疏桐。
居高声自远,非是藉秋风。

野望
王绩

东皋薄暮望,徙倚欲何依。

树树皆秋色，山山唯落晖。
牧人驱犊返，猎马带禽归。
相顾无相识，长歌怀采薇。

长安古意
卢照邻

长安大道连狭斜，青牛白马七香车。
玉辇纵横过主第，金鞭络绎向侯家。
龙衔宝盖承朝日，凤吐流苏带晚霞。
百丈游丝争绕树，一群娇鸟共啼花。
啼花戏蝶千门侧，碧树银台万种色。
复道交窗作合欢，双阙连甍垂凤翼。
梁家画阁天中起，汉帝金茎云外直。
楼前相望不相知，陌上相逢讵相识？

借问吹箫向紫烟,曾经学舞度芳年。
得成比目何辞死,愿作鸳鸯不羡仙。
比目鸳鸯真可羡,双去双来君不见?
生憎帐额绣孤鸾,好取门帘帖双燕。
双燕双飞绕画梁,罗帷翠被郁金香。
片片行云著蝉鬓,纤纤初月上鸦黄。
鸦黄粉白车中出,含娇含态情非一。
妖童宝马铁连钱,娼妇盘龙金屈膝。
御史府中乌夜啼,廷尉门前雀欲栖。
隐隐朱城临玉道,遥遥翠幰没金堤。
挟弹飞鹰杜陵北,探丸借客渭桥西。
俱邀侠客芙蓉剑,共宿娼家桃李蹊。
娼家日暮紫罗裙,清歌一啭口氛氲。

北堂夜夜人如月,南陌朝朝骑似云。
南陌北堂连北里,五剧三条控三市。
弱柳青槐拂地垂,佳气红尘暗天起。
汉代金吾千骑来,翡翠屠苏鹦鹉杯。
罗襦宝带为君解,燕歌赵舞为君开。
别有豪华称将相,转日回天不相让。
意气由来排灌夫,专权判不容萧相。
专权意气本豪雄,青虬紫燕坐生风。
自言歌舞长千载,自谓骄奢凌五公。
节物风光不相待,桑田碧海须臾改。
昔时金阶白玉堂,即今唯见青松在。
寂寂寥寥扬子居,年年岁岁一床书。
独有南山桂花发,飞来飞去袭人裾。

咏鹅
骆宾王

鹅鹅鹅,曲项向天歌。
白毛浮绿水,红掌拨清波。

在狱咏蝉
骆宾王

西陆蝉声唱,南冠客思侵。
那堪玄鬓影,来对白头吟。
露重飞难进,风多响易沉。
无人信高洁,谁为表予心?

送杜少府之任蜀州　王勃

城阙辅三秦,风烟望五津。
与君离别意,同是宦游人。
海内存知己,天涯若比邻。
无为在歧路,儿女共沾巾。

从军行　杨炯

烽火照西京,心中自不平。
牙璋辞凤阙,铁骑绕龙城。
雪暗凋旗画,风多杂鼓声。
宁为百夫长,胜作一书生。

风 李峤

解落三秋叶，能开二月花。
过江千尺浪，入竹万竿斜。

代悲白头翁 刘希夷

洛阳城东桃李花，飞来飞去落谁家？
洛阳女儿惜颜色，坐见落花长叹息。
今年花落颜色改，明年花开复谁在？
已见松柏摧为薪，更闻桑田变成海。
古人无复洛城东，今人还对落花风。
年年岁岁花相似，岁岁年年人不同。
寄言全盛红颜子，应怜半死白头翁。

此翁白头真可怜,伊昔红颜美少年。
公子王孙芳树下,清歌妙舞落花前。
光禄池台开锦绣,将军楼阁画神仙。
一朝卧病无相识,三春行乐在谁边。
宛转蛾眉能几时,须臾鹤发乱如丝。
但看古来歌舞地,惟有黄昏鸟雀悲。

渡汉江

宋之问

岭外音书断,经冬复历春。
近乡情更怯,不敢问来人。

古意呈补阙乔知之

沈佺期

卢家少妇郁金堂,海燕双栖玳瑁梁。

九月寒砧催木叶，十年征戍忆辽阳。
白狼河北音书断，丹凤城南秋夜长。
谁谓含愁独不见，更教明月照流黄。

感遇（其二） 陈子昂

兰若生春夏，芊蔚何青青。
幽独空林色，朱蕤冒紫茎。
迟迟白日晚，袅袅秋风生。
岁华尽摇落，芳意竟何成。

登幽州台歌 陈子昂

前不见古人，后不见来者。念天地之悠悠，独怆然而涕下！

咏柳
贺知章

碧玉妆成一树高,万条垂下绿丝绦。
不知细叶谁裁出?二月春风似剪刀。

回乡偶书(其一)
贺知章

少小离家老大回,乡音无改鬓毛衰。
儿童相见不相识,笑问客从何处来。

回乡偶书(其二)
贺知章

离别家乡岁月多,近来人事半消磨。
唯有门前镜湖水,春风不改旧时波。

春江花月夜

张若虚

春江潮水连海平,海上明月共潮生。

滟滟随波千万里,何处春江无月明。

江流宛转绕芳甸,月照花林皆似霰。

空里流霜不觉飞,汀上白沙看不见。

江天一色无纤尘,皎皎空中孤月轮。

江畔何人初见月?江月何年初照人?

人生代代无穷已,江月年年只相似。

不知江月待何人,但见长江送流水。

白云一片去悠悠,青枫浦上不胜愁。

谁家今夜扁舟子,何处相思明月楼?

可怜楼上月徘徊,应照离人妆镜台。

玉户帘中卷不去,捣衣砧上拂还来。
此时相望不相闻,愿逐月华流照君。
鸿雁长飞光不度,鱼龙潜跃水成文。
昨夜闲潭梦落花,可怜春半不还家。
江水流春去欲尽,江潭落月复西斜。
斜月沉沉藏海雾,碣石潇湘无限路。
不知乘月几人归,落月摇情满江树。

望月怀远

张九龄

海上生明月,天涯共此时。
情人怨遥夜,竟夕起相思。
灭烛怜光满,披衣觉露滋。
不堪盈手赠,还寝梦佳期。

赋得自君之出矣 张九龄

自君之出矣，不复理残机。
思君如满月，夜夜减清辉。

登鹳雀楼 王之涣

白日依山尽，黄河入海流。
欲穷千里目，更上一层楼。

凉州词 王之涣

黄河远上白云间，一片孤城万仞山。
羌笛何须怨杨柳，春风不度玉门关。

秋登兰山寄张五　孟浩然

北山白云里，隐者自怡悦。
相望试登高，心飞逐鸟灭。
愁因薄暮起，兴是清秋发。
时见归村人，沙行渡头歇。
天边树若荠，江畔舟如月。
何当载酒来，共醉重阳节。

夜归鹿门歌　孟浩然

山寺钟鸣昼已昏，渔梁渡头争渡喧。
人随沙岸向江村，余亦乘舟归鹿门。
鹿门月照开烟树，忽到庞公栖隐处。

岩扉松径长寂寥，惟有幽人自来去。

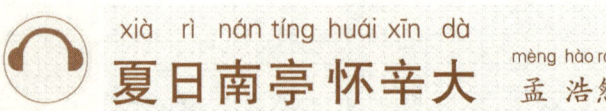
夏日南亭怀辛大 孟浩然

山光忽西落，池月渐东上。
散发乘夕凉，开轩卧闲敞。
荷风送香气，竹露滴清响。
欲取鸣琴弹，恨无知音赏。
感此怀故人，中宵劳梦想。

望洞庭湖赠张丞相 孟浩然

八月湖水平，涵虚混太清。
气蒸云梦泽，波撼岳阳城。
欲济无舟楫，端居耻圣明。

坐观垂钓者，徒有羡鱼情。

宿桐庐江寄广陵旧游
孟浩然

山暝听猿愁，沧江急夜流。
风鸣两岸叶，月照一孤舟。
建德非吾土，维扬忆旧游。
还将数行泪，遥寄海西头。

与诸子登岘山
孟浩然

人事有代谢，往来成古今。
江山留胜迹，我辈复登临。
水落鱼梁浅，天寒梦泽深。
羊公碑尚在，读罢泪沾襟。

过故人庄
孟浩然

故人具鸡黍,邀我至田家。
绿树村边合,青山郭外斜。
开轩面场圃,把酒话桑麻。
待到重阳日,还来就菊花。

春晓
孟浩然

春眠不觉晓,处处闻啼鸟。
夜来风雨声,花落知多少?

宿建德江 孟浩然

移舟泊烟渚，日暮客愁新。
野旷天低树，江清月近人。

早寒江上有怀 孟浩然

木落雁南渡，北风江上寒。
我家襄水上，遥隔楚云端。
乡泪客中尽，孤帆天际看。
迷津欲有问，平海夕漫漫。

从军行（其一） 王昌龄

烽火城西百尺楼，黄昏独坐海风秋。
更吹羌笛关山月，无那金闺万里愁。

从军行（其四） 王昌龄

青海长云暗雪山，孤城遥望玉门关。
黄沙百战穿金甲，不破楼兰终不还。

从军行（其五） 王昌龄

大漠风尘日色昏，红旗半卷出辕门。
前军夜战洮河北，已报生擒吐谷浑。

出塞 王昌龄

秦时明月汉时关,万里长征人未还。
但使龙城飞将在,不教胡马度阴山。

采莲曲 王昌龄

荷叶罗裙一色裁,芙蓉向脸两边开。
乱入池中看不见,闻歌始觉有人来。

长信秋词(其三) 王昌龄

奉帚平明金殿开,且将团扇共徘徊。
玉颜不及寒鸦色,犹带昭阳日影来。

闺怨 王昌龄

闺中少妇不曾愁，春日凝妆上翠楼。
忽见陌头杨柳色，悔教夫婿觅封侯。

芙蓉楼送辛渐 王昌龄

寒雨连江夜入吴，平明送客楚山孤。
洛阳亲友如相问，一片冰心在玉壶。

终南望余雪 祖咏

终南阴岭秀，积雪浮云端。
林表明霁色，城中增暮寒。

渭川田家 王维

斜阳照墟落,穷巷牛羊归。
野老念牧童,倚杖候荆扉。
雉雊麦苗秀,蚕眠桑叶稀。
田夫荷锄至,相见语依依。
即此羡闲逸,怅然吟式微。

杂诗 王维

君自故乡来,应知故乡事。
来日绮窗前,寒梅著花未?

辋川闲居赠裴秀才迪 王维

寒山转苍翠,秋水日潺湲。
倚杖柴门外,临风听暮蝉。
渡头余落日,墟里上孤烟。
复值接舆醉,狂歌五柳前。

山居秋暝 王维

空山新雨后,天气晚来秋。
明月松间照,清泉石上流。
竹喧归浣女,莲动下渔舟。
随意春芳歇,王孙自可留。

终南别业　王维

中岁颇好道,晚家南山陲。
兴来每独往,胜事空自知。
行到水穷处,坐看云起时。
偶然值林叟,谈笑无还期。

终南山　王维

太乙近天都,连山接海隅。
白云回望合,青霭入看无。
分野中峰变,阴晴众壑殊。
欲投人处宿,隔水问樵夫。

观猎 王维

风劲角弓鸣,将军猎渭城。
草枯鹰眼疾,雪尽马蹄轻。
忽过新丰市,还归细柳营。
回看射雕处,千里暮云平。

汉江临眺 王维

楚塞三湘接,荆门九派通。
江流天地外,山色有无中。
郡邑浮前浦,波澜动远空。
襄阳好风日,留醉与山翁。

使至塞上 王维

单车欲问边,属国过居延。
征蓬出汉塞,归雁入胡天。
大漠孤烟直,长河落日圆。
萧关逢候骑,都护在燕然。

积雨辋川庄作 王维

积雨空林烟火迟,蒸藜炊黍饷东菑。
漠漠水田飞白鹭,阴阴夏木啭黄鹂。
山中习静观朝槿,松下清斋折露葵。
野老与人争席罢,海鸥何事更相疑。

鹿柴 王维

空山不见人，但闻人语响。
返景入深林，复照青苔上。

竹里馆 王维

独坐幽篁里，弹琴复长啸。
深林人不知，明月来相照。

辛夷坞 王维

木末芙蓉花，山中发红萼。
涧户寂无人，纷纷开且落。

鸟鸣涧　王维

人闲桂花落，夜静春山空。
月出惊山鸟，时鸣春涧中。

山中送别　王维

山中相送罢，日暮掩柴扉。
春草明年绿，王孙归不归？

相思　王维

红豆生南国，春来发几枝。
愿君多采撷，此物最相思。

少年行 王维

新丰美酒斗十千,咸阳游侠多少年。
相逢意气为君饮,系马高楼垂柳边。

九月九日忆山东兄弟 王维

独在异乡为异客,每逢佳节倍思亲。
遥知兄弟登高处,遍插茱萸少一人。

送元二使安西 王维

渭城朝雨浥轻尘,客舍青青柳色新。
劝君更尽一杯酒,西出阳关无故人。

送沈子福归江东　王维

杨柳渡头行客稀,罟师荡桨向临圻。
惟有相思似春色,江南江北送君归。

燕歌行　高适

汉家烟尘在东北,汉将辞家破残贼。
男儿本自重横行,天子非常赐颜色。
摐金伐鼓下榆关,旌旆逶迤碣石间。
校尉羽书飞瀚海,单于猎火照狼山。
山川萧条极边土,胡骑凭陵杂风雨。
战士军前半死生,美人帐下犹歌舞!
大漠穷秋塞草腓,孤城落日斗兵稀。

身当恩遇常轻敌,力尽关山未解围。
铁衣远戍辛勤久,玉箸应啼别离后。
少妇城南欲断肠,征人蓟北空回首。
边庭飘飖那可度,绝域苍茫无所有!
杀气三时作阵云,寒声一夜传刁斗。
相看白刃血纷纷,死节从来岂顾勋?
君不见沙场征战苦,至今犹忆李将军!

营州歌 高适

营州少年厌原野,狐裘蒙茸猎城下。
虏酒千钟不醉人,胡儿十岁能骑马。

别董大 高适

千里黄云白日曛,北风吹雁雪纷纷。
莫愁前路无知己,天下谁人不识君?

古风(其十九) 李白

西岳莲花山,迢迢见明星。
素手把芙蓉,虚步蹑太清。
霓裳曳广带,飘拂升天行。
邀我登云台,高揖卫叔卿。
恍恍与之去,驾鸿凌紫冥。
俯视洛阳川,茫茫走胡兵。
流血涂野草,豺狼尽冠缨。

蜀道难 李白

噫吁嚱,危乎高哉!蜀道之难,难于上青天。蚕丛及鱼凫,开国何茫然!尔来四万八千岁,不与秦塞通人烟。西当太白有鸟道,可以横绝峨眉巅。地崩山摧壮士死,然后天梯石栈相钩连。上有六龙回日之高标,下有冲波逆折之回川。黄鹤之飞尚不得过,猿猱欲度愁攀援。青泥何盘盘,百步九折萦岩峦。扪参历井仰胁息,以手抚膺坐长叹。

问君西游何时还?畏途巉岩不可

攀。但见悲鸟号古木,雄飞雌从绕林间。又闻子规啼夜月,愁空山。蜀道之难,难于上青天,使人听此凋朱颜!连峰去天不盈尺,枯松倒挂倚绝壁。飞湍瀑流争喧豗,砯崖转石万壑雷。其险也如此,嗟尔远道之人胡为乎来哉!

剑阁峥嵘而崔嵬,一夫当关,万夫莫开。所守或匪亲,化为狼与豺。朝避猛虎,夕避长蛇,磨牙吮血,杀人如麻。锦城虽云乐,不如早还家。蜀道之难,难于上青天,侧身西望长咨嗟!

将进酒 李白

君不见黄河之水天上来,奔流到海不复回。君不见高堂明镜悲白发,朝如青丝暮成雪。人生得意须尽欢,莫使金樽空对月。天生我材必有用,千金散尽还复来。烹羊宰牛且为乐,会须一饮三百杯。

岑夫子,丹丘生,将进酒,杯莫停。与君歌一曲,请君为我倾耳听。钟鼓馔玉不足贵,但愿长醉不愿醒。古来圣贤皆寂寞,惟有饮者留其名。陈王昔时宴平乐,斗酒十千恣欢谑。主人何为言

少钱,径须沽取对君酌。五花马,千金裘,呼儿将出换美酒,与尔同销万古愁。

行路难(其一) 李白

金樽清酒斗十千,玉盘珍羞直万钱。
停杯投箸不能食,拔剑四顾心茫然。
欲渡黄河冰塞川,将登太行雪满山。
闲来垂钓碧溪上,忽复乘舟梦日边。
行路难!行路难!多歧路,今安在?
长风破浪会有时,直挂云帆济沧海。

关山月 李白

明月出天山,苍茫云海间。

长风几万里,吹度玉门关。
汉下白登道,胡窥青海湾。
由来征战地,不见有人还。
戍客望边色,思归多苦颜。
高楼当此夜,叹息未应闲。

古朗月行 李白

小时不识月,呼作白玉盘。
又疑瑶台镜,飞在青云端。
仙人垂两足,桂树何团团。
白兔捣药成,问言与谁餐?
蟾蜍蚀圆影,大明夜已残。
羿昔落九乌,天人清且安。

阴精此沦惑，去去不足观。
忧来其如何？凄怆摧心肝。

玉阶怨 李白

玉阶生白露，夜久侵罗袜。
却下水晶帘，玲珑望秋月。

静夜思 李白

床前明月光，疑是地上霜。
举头望明月，低头思故乡。

子夜吴歌·秋歌 李白

长安一片月，万户捣衣声。
秋风吹不尽，总是玉关情。
何日平胡虏，良人罢远征。

横江词（其四） 李白

海神来过恶风回，浪打天门石壁开。
浙江八月何如此，涛似连山喷雪来！

秋浦歌（其十五） 李白

白发三千丈，缘愁似个长。

不知明镜里，何处得秋霜？

峨眉山月歌 李白

峨眉山月半轮秋，影入平羌江水流。
夜发清溪向三峡，思君不见下渝州。

赠汪伦 李白

李白乘舟将欲行，忽闻岸上踏歌声。
桃花潭水深千尺，不及汪伦送我情。

闻王昌龄左迁龙标遥有此寄 李白

杨花落尽子规啼，闻道龙标过五溪。

我寄愁心与明月,随风直到夜郎西。

梦游天姥吟留别 李白

海客谈瀛洲,烟涛微茫信难求;越人语天姥,云霞明灭或可睹。天姥连天向天横,势拔五岳掩赤城。天台四万八千丈,对此欲倒东南倾。

我欲因之梦吴越,一夜飞度镜湖月。湖月照我影,送我至剡溪。谢公宿处今尚在,渌水荡漾清猿啼。脚著谢公屐,身登青云梯。半壁见海日,空中闻天鸡。千岩万转路不定,迷花倚石忽已暝。熊咆龙吟殷岩泉,栗深林兮惊层巅。云青青兮欲雨,水澹澹兮生烟。列缺霹雳,丘峦崩摧。洞天石扉,訇然中开。青冥浩荡不见底,日月照耀金银台。霓为衣兮风为马,云之君兮纷纷而来下。虎鼓瑟兮鸾回车,仙之人兮列如麻。忽魂悸以魄动,恍惊起而长嗟。惟觉时之枕席,失向来之烟霞。

世间行乐亦如此,古来万事东流水。别君去时何时还?且放白鹿青崖间,须行即骑访名山。安能摧眉折腰事权贵,使我不得开心颜?

金陵酒肆留别 李白

风吹柳花满店香,吴姬压酒唤客尝。
金陵子弟来相送,欲行不行各尽觞。
请君试问东流水,别意与之谁短长。

黄鹤楼送孟浩然之广陵 李白

故人西辞黄鹤楼,烟花三月下扬州。
孤帆远影碧空尽,唯见长江天际流。

渡荆门送别 李白

渡远荆门外,来从楚国游。

山随平野尽，江入大荒流。
月下飞天镜，云生结海楼。
仍怜故乡水，万里送行舟。

送友人 李白

青山横北郭，白水绕东城。
此地一为别，孤蓬万里征。
浮云游子意，落日故人情。
挥手自兹去，萧萧班马鸣。

宣州谢脁楼饯别校书叔云 李白

弃我去者，昨日之日不可留；

乱我心者，今日之日多烦忧。
长风万里送秋雁，对此可以酣高楼。
蓬莱文章建安骨，中间小谢又清发。
俱怀逸兴壮思飞，欲上青天览明月。
抽刀断水水更流，举杯消愁愁更愁。
人生在世不称意，明朝散发弄扁舟。

山中问答　李白

问余何事栖碧山，笑而不答心自闲。
桃花流水窅然去，别有天地非人间。

陪侍郎叔游洞庭醉后（其三） 李白

刬却君山好，平铺湘水流。
巴陵无限酒，醉杀洞庭秋。

登金陵凤凰台 李白

凤凰台上凤凰游，凤去台空江自流。
吴宫花草埋幽径，晋代衣冠成古丘。
三山半落青天外，二水中分白鹭洲。
总为浮云能蔽日，长安不见使人愁。

望庐山瀑布 李白

日照香炉生紫烟,遥看瀑布挂前川。
飞流直下三千尺,疑是银河落九天。

望天门山 李白

天门中断楚江开,碧水东流至此回。
两岸青山相对出,孤帆一片日边来。

客中作 李白

兰陵美酒郁金香,玉碗盛来琥珀光。
但使主人能醉客,不知何处是他乡。

 ## 夜下征虏亭　李白

船下广陵去,月明征虏亭。
山花如绣颊,江火似流萤。

 ## 早发白帝城　李白

朝辞白帝彩云间,千里江陵一日还。
两岸猿声啼不住,轻舟已过万重山。

 ## 月下独酌(其一)　李白

花间一壶酒,独酌无相亲。
举杯邀明月,对影成三人。

月既不解饮，影徒随我身。
暂伴月将影，行乐须及春。
我歌月徘徊，我舞影零乱。
醒时同交欢，醉后各分散。
永结无情游，相期邈云汉。

 独坐敬亭山　李白

众鸟高飞尽，孤云独去闲。
相看两不厌，只有敬亭山。

 春夜洛城闻笛　李白

谁家玉笛暗飞声，散入春风满洛城。
此夜曲中闻折柳，何人不起故园情！

次北固山下　王湾

客路青山外,行舟绿水前。
潮平两岸阔,风正一帆悬。
海日生残夜,江春入旧年。
乡书何处达?归雁洛阳边。

黄鹤楼　崔颢

昔人已乘黄鹤去,此地空余黄鹤楼。
黄鹤一去不复返,白云千载空悠悠。
晴川历历汉阳树,芳草萋萋鹦鹉洲。
日暮乡关何处是?烟波江上使人愁。

长干曲(其一) 崔颢

君家何处住?妾住在横塘。
停船暂借问,或恐是同乡。

长干曲(其二) 崔颢

家临九江水,来去九江侧。
同是长干人,生小不相识。

凉州词 王翰

葡萄美酒夜光杯,欲饮琵琶马上催。
醉卧沙场君莫笑,古来征战几人回?

桃花溪 张旭

隐隐飞桥隔野烟,石矶西畔问渔船。
桃花尽日随流水,洞在清溪何处边?

山中留客 张旭

山光物态弄春晖,莫为轻阴便拟归。
纵使晴明无雨色,入云深处亦沾衣。

早梅 张谓

一树寒梅白玉条,迥临村路傍溪桥。
不知近水花先发,疑是经春雪未销。

逢雪宿芙蓉山主人 刘长卿

日暮苍山远,天寒白屋贫。
柴门闻犬吠,风雪夜归人。

听弹琴 刘长卿

泠泠七弦上,静听松风寒。
古调虽自爱,今人多不弹。

送灵澈上人 刘长卿

苍苍竹林寺,杳杳钟声晚。
荷笠带斜阳,青山独归远。

劝学

颜真卿

三更灯火五更鸡,正是男儿读书时。
黑发不知勤学早,白首方悔读书迟。

省试湘灵鼓瑟

钱起

善鼓云和瑟,常闻帝子灵。
冯夷空自舞,楚客不堪听。
苦调凄金石,清音入杳冥。
苍梧来怨慕,白芷动芳馨。
流水传潇浦,悲风过洞庭。
曲终人不见,江上数峰青。

归雁 钱起

潇湘何事等闲回？水碧沙明两岸苔。
二十五弦弹夜月，不胜清怨却飞来。

望岳 杜甫

岱宗夫如何？齐鲁青未了。
造化钟神秀，阴阳割昏晓。
荡胸生曾云，决眦入归鸟。
会当凌绝顶，一览众山小。

奉赠韦左丞丈二十二韵

杜甫

纨绔不饿死,儒冠多误身。
丈人试静听,贱子请具陈。
甫昔少年日,早充观国宾。
读书破万卷,下笔如有神。
赋料扬雄敌,诗看子建亲。
李邕求识面,王翰愿卜邻。
自谓颇挺出,立登要路津。
致君尧舜上,再使风俗淳。
此意竟萧条,行歌非隐沦。
骑驴三十载,旅食京华春。
朝扣富儿门,暮随肥马尘。

残杯与冷炙,到处潜悲辛。
主上顷见征,欻然欲求伸。
青冥却垂翅,蹭蹬无纵鳞。
甚愧丈人厚,甚知丈人真。
每于百僚上,猥诵佳句新。
窃效贡公喜,难甘原宪贫。
焉能心怏怏,只是走踆踆。
今欲东入海,即将西去秦。
尚怜终南山,回首清渭滨。
常拟报一饭,况怀辞大臣。
白鸥没浩荡,万里谁能驯!

登岳阳楼 杜甫

昔闻洞庭水,今上岳阳楼。
吴楚东南坼,乾坤日夜浮。
亲朋无一字,老病有孤舟。
戎马关山北,凭轩涕泗流。

兵车行 杜甫

车辚辚,马萧萧,行人弓箭各在腰。耶娘妻子走相送,尘埃不见咸阳桥。牵衣顿足拦道哭,哭声直上干云霄。道旁过者问行人,行人但云点行频。或从十五北防河,便至四十西营田。去时里

正与裹头，归来头白还戍边。边庭流血成海水，武皇开边意未已。君不闻汉家山东二百州，千村万落生荆杞。纵有健妇把锄犁，禾生陇亩无东西。况复秦兵耐苦战，被驱不异犬与鸡。长者虽有问，役夫敢申恨。且如今年冬，未休关西卒。县官急索租，租税从何出？信知生男恶，反是生女好。生女犹得嫁比邻，生男埋没随百草。君不见青海头，古来白骨无人收。新鬼烦冤旧鬼哭，天阴雨湿声啾啾。

春日忆李白　杜甫

白也诗无敌，飘然思不群。
清新庾开府，俊逸鲍参军。
渭北春天树，江东日暮云。
何时一樽酒，重与细论文？

前出塞　杜甫

挽弓当挽强，用箭当用长。
射人先射马，擒贼先擒王。
杀人亦有限，列国自有疆。
苟能制侵陵，岂在多杀伤？

丽人行
杜甫

三月三日天气新,长安水边多丽人。
态浓意远淑且真,肌理细腻骨肉匀。
绣罗衣裳照暮春,蹙金孔雀银麒麟。
头上何所有,翠微㔩叶垂鬓唇。
背后何所见,珠压腰衱稳称身。
就中云幕椒房亲,赐名大国虢与秦。
紫驼之峰出翠釜,水精之盘行素鳞。
犀箸厌饫久未下,鸾刀缕切空纷纶。
黄门飞鞚不动尘,御厨丝络送八珍。
箫鼓哀吟感鬼神,宾从杂遝实要津。
后来鞍马何逡巡,当轩下马入锦茵。

杨花雪落覆白蘋,青鸟飞去衔红巾。
炙手可热势绝伦,慎莫近前丞相嗔。

登楼 杜甫

花近高楼伤客心,万方多难此登临。
锦江春色来天地,玉垒浮云变古今。
北极朝廷终不改,西山寇盗莫相侵。
可怜后主还祠庙,日暮聊为《梁甫吟》。

自京赴奉先县咏怀五百字 杜甫

杜陵有布衣,老大意转拙。
许身一何愚,窃比稷与契。

居然成濩落，白首甘契阔。
盖棺事则已，此志常觊豁。
穷年忧黎元，叹息肠内热。
取笑同学翁，浩歌弥激烈。
非无江海志，潇洒送日月。
生逢尧舜君，不忍便永诀。
当今廊庙具，构厦岂云缺。
葵藿倾太阳，物性固莫夺。
顾惟蝼蚁辈，但自求其穴。
胡为慕大鲸，辄拟偃溟渤？
以兹悟生理，独耻事干谒。
兀兀遂至今，忍为尘埃没！

终愧巢与由，未能易其节。
沉饮聊自遣，放歌破愁绝。
岁暮百草零，疾风高冈裂。
天衢阴峥嵘，客子中夜发。
霜严衣带断，指直不得结。
凌晨过骊山，御榻在嵽嵲。
蚩尤塞寒空，蹴蹋崖谷滑。
瑶池气郁律，羽林相摩戛。
君臣留欢娱，乐动殷胶葛。
赐浴皆长缨，与宴非短褐。
彤庭所分帛，本自寒女出。
鞭挞其夫家，聚敛贡城阙。

圣人筐篚恩，实欲邦国活。
臣如忽至理，君岂弃此物？
多士盈朝廷，仁者宜战慄。
况闻内金盘，尽在卫霍室。
中堂舞神仙，烟雾散玉质。
暖客貂鼠裘，悲管逐清瑟。
劝客驼蹄羹，霜橙压香橘。
朱门酒肉臭，路有冻死骨。
荣枯咫尺异，惆怅难再述。
北辕就泾渭，官渡又改辙。
群冰从西下，极目高崒兀。
疑是崆峒来，恐触天柱折。

河梁幸未坼,枝撑声窸窣。
行旅相攀援,川广不可越。
老妻寄异县,十口隔风雪。
谁能久不顾,庶往共饥渴。
入门闻号咷,幼子饥已卒。
吾宁舍一哀,里巷亦呜咽。
所愧为人父,无食致夭折。
岂知秋禾登,贫窭有仓卒?
生常免租税,名不隶征伐。
抚迹犹酸辛,平人固骚屑。
默思失业徒,因念远戍卒。
忧端齐终南,澒洞不可掇。

月夜 杜甫

今夜鄜州月,闺中只独看。
遥怜小儿女,未解忆长安。
香雾云鬟湿,清辉玉臂寒。
何时倚虚幌,双照泪痕干?

春望 杜甫

国破山河在,城春草木深。
感时花溅泪,恨别鸟惊心。
烽火连三月,家书抵万金。
白头搔更短,浑欲不胜簪。

曲江二首（其一） 杜甫

一片花飞减却春，风飘万点正愁人。
且看欲尽花经眼，莫厌伤多酒入唇。
江上小堂巢翡翠，苑边高冢卧麒麟。
细推物理须行乐，何用浮名绊此身。

曲江二首（其二） 杜甫

朝回日日典春衣，每日江头尽醉归。
酒债寻常行处有，人生七十古来稀。
穿花蛱蝶深深见，点水蜻蜓款款飞。
传语风光共流转，暂时相赏莫相违。

石壕吏 杜甫

暮投石壕村,有吏夜捉人。

老翁逾墙走,老妇出门看。

吏呼一何怒!妇啼一何苦!

听妇前致词:三男邺城戍。

一男附书至,二男新战死。

存者且偷生,死者长已矣!

室中更无人,惟有乳下孙。

有孙母未去,出入无完裙。

老妪力虽衰,请从吏夜归。

急应河阳役,犹得备晨炊。

夜久语声绝,如闻泣幽咽。

天明登前途，独与老翁别。

天末怀李白　杜甫

凉风起天末，君子意如何？
鸿雁几时到，江湖秋水多。
文章憎命达，魑魅喜人过。
应共冤魂语，投诗赠汨罗。

月夜忆舍弟　杜甫

戍鼓断人行，秋边一雁声。
露从今夜白，月是故乡明。
有弟皆分散，无家问死生。
寄书长不达，况乃未休兵。

蜀相
杜甫

丞相祠堂何处寻？锦官城外柏森森。
映阶碧草自春色，隔叶黄鹂空好音。
三顾频烦天下计，两朝开济老臣心。
出师未捷身先死，长使英雄泪满襟。

春夜喜雨
杜甫

好雨知时节，当春乃发生。
随风潜入夜，润物细无声。
野径云俱黑，江船火独明。
晓看红湿处，花重锦官城。

茅屋为秋风所破歌 杜甫

八月秋高风怒号,卷我屋上三重茅。茅飞渡江洒江郊,高者挂罥长林梢,下者飘转沉塘坳。

南村群童欺我老无力,忍能对面为盗贼。公然抱茅入竹去,唇焦口燥呼不得,归来倚杖自叹息。

俄顷风定云墨色,秋天漠漠向昏黑。布衾多年冷似铁,娇儿恶卧踏里裂。床头屋漏无干处,雨脚如麻未断绝。自经丧乱少睡眠,长夜沾湿何由彻!

安得广厦千万间,大庇天下寒士俱欢颜,风雨不动安如山?呜呼!何时眼前突兀见此屋,吾庐独破受冻死亦足!

赠花卿　杜甫

锦城丝管日纷纷,半入江风半入云。
此曲只应天上有,人间能得几回闻。

江畔独步寻花(其五)　杜甫

黄师塔前江水东,春光懒困倚微风。
桃花一簇开无主,可爱深红爱浅红?

江畔独步寻花（其六） 杜甫

黄四娘家花满蹊，千朵万朵压枝低。
留连戏蝶时时舞，自在娇莺恰恰啼。

江畔独步寻花（其七） 杜甫

不是爱花即肯死，只恐花尽老相催。
繁枝容易纷纷落，嫩叶商量细细开。

闻官军收河南河北 杜甫

剑外忽传收蓟北，初闻涕泪满衣裳。
却看妻子愁何在，漫卷诗书喜欲狂。

白日放歌须纵酒，青春作伴好还乡。
即从巴峡穿巫峡，便下襄阳向洛阳。

绝句二首（其一） 杜甫

迟日江山丽，春风花草香。
泥融飞燕子，沙暖睡鸳鸯。

绝句二首（其二） 杜甫

江碧鸟逾白，山青花欲燃。
今春看又过，何日是归年？

绝句四首（其三） 杜甫

两个黄鹂鸣翠柳，一行白鹭上青天。
窗含西岭千秋雪，门泊东吴万里船。

旅夜书怀 杜甫

细草微风岸，危樯独夜舟。
星随平野阔，月涌大江流。
名岂文章著，官应老病休。
飘飘何所似，天地一沙鸥。

八阵图　杜甫

功盖三分国，名成八阵图。
江流石不转，遗恨失吞吴。

秋兴八首（其一）　杜甫

玉露凋伤枫树林，巫山巫峡气萧森。
江间波浪兼天涌，塞上风云接地阴。
丛菊两开他日泪，孤舟一系故园心。
寒衣处处催刀尺，白帝城高急暮砧。

咏怀古迹　杜甫

群山万壑赴荆门，生长明妃尚有村。
一去紫台连朔漠，独留青冢向黄昏。
画图省识春风面，环佩空归夜月魂。
千载琵琶作胡语，分明怨恨曲中论。

登高　杜甫

风急天高猿啸哀，渚清沙白鸟飞回。
无边落木萧萧下，不尽长江滚滚来。
万里悲秋常作客，百年多病独登台。
艰难苦恨繁霜鬓，潦倒新停浊酒杯。

江南逢李龟年 杜甫

岐王宅里寻常见,崔九堂前几度闻。
正是江南好风景,落花时节又逢君。

白雪歌送武判官归京 岑参

北风卷地白草折,胡天八月即飞雪。
忽如一夜春风来,千树万树梨花开。
散入珠帘湿罗幕,狐裘不暖锦衾薄。
将军角弓不得控,都护铁衣冷难着。
瀚海阑干百丈冰,愁云惨淡万里凝。
中军置酒饮归客,胡琴琵琶与羌笛。
纷纷暮雪下辕门,风掣红旗冻不翻。

轮台东门送君去,去时雪满天山路。
山回路转不见君,雪上空留马行处。

走马川行奉送封大夫出师西征　岑参

君不见走马川行雪海边,平沙莽莽黄入天。轮台九月风夜吼,一川碎石大如斗,随风满地石乱走。匈奴草黄马正肥,金山西见烟尘飞,汉家大将西出师。将军金甲夜不脱,半夜军行戈相拨,风头如刀面如割。马毛带雪汗气蒸,五花连钱旋作冰,幕中草檄砚水凝。虏骑闻之应胆慑,料知短兵不敢接,车师西门伫献捷。

山房春事 岑参

梁园日暮乱飞鸦,极目萧条三两家。
庭树不知人死尽,春来还发旧时花。

逢入京使 岑参

故园东望路漫漫,双袖龙钟泪不干。
马上相逢无纸笔,凭君传语报平安。

碛中作 岑参

走马西来欲到天,辞家见月两回圆。
今夜不知何处宿,平沙万里绝人烟。

月夜 刘方平

更深月色半人家，北斗阑干南斗斜。
今夜偏知春气暖，虫声新透绿窗纱。

江村即事 司空曙

罢钓归来不系船，江村月落正堪眠。
纵然一夜风吹去，只在芦花浅水边。

枫桥夜泊 张继

月落乌啼霜满天，江枫渔火对愁眠。
姑苏城外寒山寺，夜半钟声到客船。

寒食 韩翃

春城无处不飞花，寒食东风御柳斜。
日暮汉宫传蜡烛，轻烟散入五侯家。

咏绣障 胡令能

日暮堂前花蕊娇，争拈小笔上床描。
绣成安向春园里，引得黄莺下柳条。

小儿垂钓 胡令能

蓬头稚子学垂纶，侧坐莓苔草映身。
路人借问遥招手，怕得鱼惊不应人。

 ## 兰溪棹歌 <small>戴叔伦</small>

凉月如眉挂柳湾,越中山色镜中看。
兰溪三日桃花雨,半夜鲤鱼来上滩。

 ## 题三闾大夫庙 <small>戴叔伦</small>

沅湘流不尽,屈子怨何深。
日暮秋风起,萧萧枫树林。

 ## 滁州西涧 <small>韦应物</small>

独怜幽草涧边生,上有黄鹂深树鸣。
春潮带雨晚来急,野渡无人舟自横。

塞下曲（其二） 卢纶

林暗草惊风，将军夜引弓。
平明寻白羽，没在石棱中。

塞下曲（其三） 卢纶

月黑雁飞高，单于夜遁逃。
欲将轻骑逐，大雪满弓刀。

汴河曲 李益

汴水东流无限春，隋家宫阙已成尘。
行人莫上长堤望，风起杨花愁杀人。

宫怨　李益

露湿晴花春殿香，月明歌吹在昭阳。
似将海水添宫漏，共滴长门一夜长。

闻笛　戎昱

入夜思归切，笛声清更哀。
愁人不愿听，自到枕前来。
风起塞云断，夜深关月开。
平明独惆怅，落尽一庭梅。

游子吟 孟郊

慈母手中线，游子身上衣。
临行密密缝，意恐迟迟归。
谁言寸草心，报得三春晖。

题都城南庄 崔护

去年今日此门中，人面桃花相映红。
人面不知何处在，桃花依旧笑春风。

题破山寺后禅院 常建

清晨入古寺，初日照高林。

曲径通幽处，禅房花木深。
山光悦鸟性，潭影空人心。
万籁此都寂，但余钟磬音。

 三日寻李九庄　常建

雨歇杨林东渡头，永和三日荡轻舟。
故人家在桃花岸，直到门前溪水流。

 秋思　张籍

洛阳城里见秋风，欲作家书意万重。
复恐匆匆说不尽，行人临发又开封。

新嫁娘(其三) 王建

三日入厨下,洗手作羹汤。
未谙姑食性,先遣小姑尝。

雨过山村 王建

雨里鸡鸣一两家,竹溪村路板桥斜。
妇姑相唤浴蚕去,闲看中庭栀子花。

十五夜望月 王建

中庭地白树栖鸦,冷露无声湿桂花。
今夜月明人尽望,不知秋思落谁家?

春雪　韩愈

新年都未有芳华，二月初惊见草芽。
白雪却嫌春色晚，故穿庭树作飞花。

晚春　韩愈

草木知春不久归，百般红紫斗芳菲。
杨花榆荚无才思，惟解漫天作雪飞。

左迁至蓝关示侄孙湘　韩愈

一封朝奏九重天，夕贬潮阳路八千。
欲为圣明除弊事，肯将衰朽惜残年！

云横秦岭家何在？雪拥蓝关马不前。
知汝远来应有意，好收吾骨瘴江边。

早春呈水部张十八员外（其一） 韩愈

天街小雨润如酥，草色遥看近却无。
最是一年春好处，绝胜烟柳满皇都。

早春呈水部张十八员外（其二） 韩愈

莫道官忙身老大，即无年少逐春心。
凭君先到江头看，柳色如今深未深。

石头城
刘禹锡

山围故国周遭在,潮打空城寂寞回。
淮水东边旧时月,夜深还过女墙来。

西塞山怀古
刘禹锡

王浚楼船下益州,金陵王气黯然收。
千寻铁锁沉江底,一片降幡出石头。
人世几回伤往事,山形依旧枕寒流。
从今四海为家日,故垒萧萧芦荻秋。

秋风引 刘禹锡

何处秋风至,萧萧送雁群。
朝来入庭树,孤客最先闻。

秋　词 刘禹锡

自古逢秋悲寂寥,我言秋日胜春朝。
晴空一鹤排云上,便引诗情到碧霄。

竹枝词 刘禹锡

杨柳青青江水平,闻郎江上唱歌声。
东边日出西边雨,道是无晴却有晴。

杨柳枝词（其四） 刘禹锡

金谷园中莺乱飞，铜驼陌上好风吹。
城中桃李须臾尽，争似垂杨无限时。

杨柳枝词（其八） 刘禹锡

城外春风吹酒旗，行人挥袂日西时。
长安陌上无穷树，唯有垂杨管别离。

酬乐天扬州初逢席上见赠 刘禹锡

巴山楚水凄凉地，二十三年弃置身。
怀旧空吟闻笛赋，到乡翻似烂柯人。

沉舟侧畔千帆过，病树前头万木春。
今日听君歌一曲，暂凭杯酒长精神。

浪淘沙 刘禹锡

九曲黄河万里沙，浪淘风簸自天涯。
如今直上银河去，同到牵牛织女家。

再游玄都观 刘禹锡

百亩庭中半是苔，桃花净尽菜花开。
种桃道士归何处，前度刘郎今又来。

乌衣巷
刘禹锡

朱雀桥边野草花,乌衣巷口夕阳斜。
旧时王谢堂前燕,飞入寻常百姓家。

望洞庭
刘禹锡

湖光秋月两相和,潭面无风镜未磨。
遥望洞庭山水色,白银盘里一青螺。

卖炭翁
白居易

卖炭翁,伐薪烧炭南山中。
满面尘灰烟火色,两鬓苍苍十指黑。

卖炭得钱何所营?身上衣裳口中食。
可怜身上衣正单,心忧炭贱愿天寒。
夜来城外一尺雪,晓驾炭车辗冰辙。
牛困人饥日已高,市南门外泥中歇。
翩翩两骑来是谁?黄衣使者白衫儿。
手把文书口称敕,回车叱牛牵向北。
一车炭,千余斤,宫使驱将惜不得。
半匹红绡一丈绫,系向牛头充炭直。

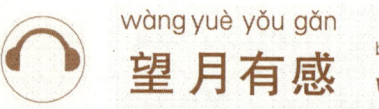

望月有感　白居易

自河南经乱,关内阻饥,兄弟离散,各在一处。因望月有感,聊书所怀,寄上浮梁大兄、于潜七兄、乌江十五兄,兼

示符离及下邽弟妹。

时难年荒世业空,弟兄羁旅各西东。
田园寥落干戈后,骨肉流离道路中。
吊影分为千里雁,辞根散作九秋蓬。
共看明月应垂泪,一夜乡心五处同。

长恨歌   白居易

汉皇重色思倾国,御宇多年求不得。
杨家有女初长成,养在深闺人未识。
天生丽质难自弃,一朝选在君王侧。
回眸一笑百媚生,六宫粉黛无颜色。
春寒赐浴华清池,温泉水滑洗凝脂。
侍儿扶起娇无力,始是新承恩泽时。

云鬓花颜金步摇，芙蓉帐暖度春宵。
春宵苦短日高起，从此君王不早朝。
承欢侍宴无闲暇，春从春游夜专夜。
后宫佳丽三千人，三千宠爱在一身。
金屋妆成娇侍夜，玉楼宴罢醉和春。
姊妹弟兄皆列土，可怜光彩生门户。
遂令天下父母心，不重生男重生女。
骊宫高处入青云，仙乐风飘处处闻。
缓歌慢舞凝丝竹，尽日君王看不足。
渔阳鼙鼓动地来，惊破《霓裳羽衣曲》。
九重城阙烟尘生，千乘万骑西南行。
翠华摇摇行复止，西出都门百余里。
六军不发无奈何，宛转蛾眉马前死。

花钿委地无人收,翠翘金雀玉搔头。
君王掩面救不得,回看血泪相和流。
黄埃散漫风萧索,云栈萦纡登剑阁。
峨嵋山下少人行,旌旗无光日色薄。
蜀江水碧蜀山青,圣主朝朝暮暮情。
行宫见月伤心色,夜雨闻铃肠断声。
天旋日转回龙驭,到此踌躇不能去。
马嵬坡下泥土中,不见玉颜空死处。
君臣相顾尽沾衣,东望都门信马归。
归来池苑皆依旧,太液芙蓉未央柳。
芙蓉如面柳如眉,对此如何不泪垂?
春风桃李花开夜,秋雨梧桐叶落时。
西宫南苑多秋草,落叶满阶红不扫。

梨园弟子白发新，椒房阿监青娥老。
夕殿萤飞思悄然，孤灯挑尽未成眠。
迟迟钟鼓初长夜，耿耿星河欲曙天。
鸳鸯瓦冷霜华重，翡翠衾寒谁与共？
悠悠生死别经年，魂魄不曾来入梦。
临邛道士鸿都客，能以精诚致魂魄。
为感君王辗转思，遂教方士殷勤觅。
排空驭气奔如电，升天入地求之遍。
上穷碧落下黄泉，两处茫茫皆不见。
忽闻海上有仙山，山在虚无缥缈间。
楼阁玲珑五云起，其中绰约多仙子。
中有一人字太真，雪肤花貌参差是。
金阙西厢叩玉扃，转教小玉报双成。

闻道汉家天子使,九华帐里梦魂惊。
揽衣推枕起徘徊,珠箔银屏迤逦开。
云鬓半偏新睡觉,花冠不整下堂来。
风吹仙袂飘飘举,犹似霓裳羽衣舞。
玉容寂寞泪阑干,梨花一枝春带雨。
含情凝睇谢君王,一别音容两渺茫。
昭阳殿里恩爱绝,蓬莱宫中日月长。
回头下望人寰处,不见长安见尘雾。
唯将旧物表深情,钿合金钗寄将去。
钗留一股合一扇,钗擘黄金合分钿。
但令心似金钿坚,天上人间会相见。
临别殷勤重寄词,词中有誓两心知。
七月七日长生殿,夜半无人私语时。

在天愿作比翼鸟,在地愿为连理枝。
天长地久有时尽,此恨绵绵无绝期。

琵琶行并序 白居易

元和十年,予左迁九江郡司马。明年秋,送客湓浦口,闻舟中夜弹琵琶者,听其音,铮铮然有京都声。问其人,本长安倡女,尝学琵琶于穆、曹二善才,年长色衰,委身为贾人妇。遂命酒,使快弹数曲。曲罢悯然,自叙少小时欢乐事,今漂沦憔悴,转徙于江湖间。予出官二年,恬然自安,感斯人言,是夕始觉有迁谪意。因为长句,歌以赠之,凡六

百一十六言,命曰《琵琶行》。
浔阳江头夜送客,枫叶荻花秋瑟瑟。
主人下马客在船,举酒欲饮无管弦。
醉不成欢惨将别,别时茫茫江浸月。
忽闻水上琵琶声,主人忘归客不发。
寻声暗问弹者谁,琵琶声停欲语迟。
移船相近邀相见,添酒回灯重开宴。
千呼万唤始出来,犹抱琵琶半遮面。
转轴拨弦三两声,未成曲调先有情。
弦弦掩抑声声思,似诉平生不得志。
低眉信手续续弹,说尽心中无限事。
轻拢慢捻抹复挑,初为《霓裳》后《六幺》。
大弦嘈嘈如急雨,小弦切切如私语。

嘈嘈切切错杂弹,大珠小珠落玉盘。
间关莺语花底滑,幽咽泉流冰下难。
冰泉冷涩弦凝绝,凝绝不通声暂歇。
别有幽愁暗恨生,此时无声胜有声。
银瓶乍破水浆迸,铁骑突出刀枪鸣。
曲终收拨当心画,四弦一声如裂帛。
东船西舫悄无言,唯见江心秋月白。
沉吟放拨插弦中,整顿衣裳起敛容。
自言本是京城女,家在虾蟆陵下住。
十三学得琵琶成,名属教坊第一部。
曲罢曾教善才伏,妆成每被秋娘妒。
五陵年少争缠头,一曲红绡不知数。
钿头云篦击节碎,血色罗裙翻酒污。

今年欢笑复明年,秋月春风等闲度。
弟走从军阿姨死,暮去朝来颜色故。
门前冷落鞍马稀,老大嫁作商人妇。
商人重利轻别离,前月浮梁买茶去。
去来江口守空船,绕船月明江水寒。
夜深忽梦少年事,梦啼妆泪红阑干。
我闻琵琶已叹息,又闻此语重唧唧。
同是天涯沦落人,相逢何必曾相识!
我从去年辞帝京,谪居卧病浔阳城。
浔阳地僻无音乐,终岁不闻丝竹声。
住近湓江地低湿,黄芦苦竹绕宅生。
其间旦暮闻何物?杜鹃啼血猿哀鸣。
春江花朝秋月夜,往往取酒还独倾。

岂无山歌与村笛,呕哑嘲哳难为听。
今夜闻君琵琶语,如听仙乐耳暂明。
莫辞更坐弹一曲,为君翻作《琵琶行》。
感我此言良久立,却坐促弦弦转急。
凄凄不似向前声,满座重闻皆掩泣。
座中泣下谁最多?江州司马青衫湿。

赋得古原草送别　白居易

离离原上草,一岁一枯荣。
野火烧不尽,春风吹又生。
远芳侵古道,晴翠接荒城。
又送王孙去,萋萋满别情。

大林寺桃花 白居易

人间四月芳菲尽,山寺桃花始盛开。
长恨春归无觅处,不知转入此中来。

问刘十九 白居易

绿蚁新醅酒,红泥小火炉。
晚来天欲雪,能饮一杯无?

暮江吟 白居易

一道残阳铺水中,半江瑟瑟半江红。
可怜九月初三夜,露似真珠月似弓。

池上 白居易

小娃撑小艇,偷采白莲回。
不解藏踪迹,浮萍一道开。

钱塘湖春行 白居易

孤山寺北贾亭西,水面初平云脚低。
几处早莺争暖树,谁家新燕啄春泥。
乱花渐欲迷人眼,浅草才能没马蹄。
最爱湖东行不足,绿杨阴里白沙堤。

悯农（其一） 李绅

春种一粒粟，秋收万颗子。
四海无闲田，农夫犹饿死。

悯农（其二） 李绅

锄禾日当午，汗滴禾下土。
谁知盘中餐，粒粒皆辛苦。

登柳州城楼寄漳汀封连四州 柳宗元

城上高楼接大荒，海天愁思正茫茫。
惊风乱飐芙蓉水，密雨斜侵薜荔墙。

岭树重遮千里目，江流曲似九回肠。
共来百越文身地，犹自音书滞一乡。

江雪 柳宗元

千山鸟飞绝，万径人踪灭。
孤舟蓑笠翁，独钓寒江雪。

渔翁 柳宗元

渔翁夜傍西岩宿，晓汲清湘燃楚竹。
烟销日出不见人，欸乃一声山水绿。
回看天际下中流，岩上无心云相逐。

行宫 元稹

寥落古行宫，宫花寂寞红。
白头宫女在，闲坐说玄宗。

菊花 元稹

秋丝绕舍似陶家，遍绕篱边日渐斜。
不是花中偏爱菊，此花开尽更无花。

题李凝幽居 贾岛

闲居少邻并，草径入荒园。
鸟宿池边树，僧敲月下门。

guò qiáo fēn yě sè　yí shí dòng yún gēn
过桥分野色,移石动云根。
zàn qù hái lái cǐ　yōu qī bú fù yán
暂去还来此,幽期不负言。

xún yǐn zhě bú yù
寻隐者不遇 _{jiǎ dǎo} 贾岛

sōng xià wèn tóng zǐ　yán shī cǎi yào qù
松下问童子,言师采药去。
zhǐ zài cǐ shān zhōng　yún shēn bù zhī chù
只在此山中,云深不知处。

tí shī hòu
题诗后 _{jiǎ dǎo} 贾岛

èr jù sān nián dé　yì yín shuāng lèi liú
二句三年得,一吟双泪流。
zhī yīn rú bù shǎng　guī wò gù shān qiū
知音如不赏,归卧故山秋。

咸阳城西楼晚眺 许浑

一上高城万里愁,蒹葭杨柳似汀洲。
溪云初起日沉阁,山雨欲来风满楼。
鸟下绿芜秦苑夕,蝉鸣黄叶汉宫秋。
行人莫问当年事,故国东来渭水流。

李凭箜篌引 李贺

吴丝蜀桐张高秋,空山凝云颓不流。
江娥啼竹素女愁,李凭中国弹箜篌。
昆山玉碎凤凰叫,芙蓉泣露香兰笑。
十二门前融冷光,二十三丝动紫皇。
女娲炼石补天处,石破天惊逗秋雨。

梦入神山教神妪,老鱼跳波瘦蛟舞。
吴质不眠倚桂树,露脚斜飞湿寒兔。

雁门太守行　李贺

黑云压城城欲摧,甲光向日金鳞开。
角声满天秋色里,塞上燕脂凝夜紫。
半卷红旗临易水,霜重鼓寒声不起。
报君黄金台上意,提携玉龙为君死。

南园　李贺

男儿何不带吴钩,收取关山五十州!
请君暂上凌烟阁,若个书生万户侯!

马诗　李贺

大漠沙如雪，燕山月似钩。
何当金络脑，快走踏清秋。

金铜仙人辞汉歌　李贺

茂陵刘郎秋风客，夜闻马嘶晓无迹。
画栏桂树悬秋香，三十六宫土花碧。
魏官牵车指千里，东关酸风射眸子。
空将汉月出宫门，忆君清泪如铅水。
衰兰送客咸阳道，天若有情天亦老。
携盘独出月荒凉，渭城已远波声小。

过华清宫 杜牧

长安回望绣成堆,山顶千门次第开。
一骑红尘妃子笑,无人知是荔枝来。

江南春绝句 杜牧

千里莺啼绿映红,水村山郭酒旗风。
南朝四百八十寺,多少楼台烟雨中!

赤壁 杜牧

折戟沉沙铁未销,自将磨洗认前朝。
东风不与周郎便,铜雀春深锁二乔。

泊秦淮 杜牧

烟笼寒水月笼沙,夜泊秦淮近酒家。
商女不知亡国恨,隔江犹唱后庭花。

寄扬州韩绰判官 杜牧

青山隐隐水迢迢,秋尽江南草木凋。
二十四桥明月夜,玉人何处教吹箫?

赠别(其一) 杜牧

娉娉袅袅十三余,豆蔻梢头二月初。
春风十里扬州路,卷上珠帘总不如。

赠别(其二) 杜牧

多情却似总无情,唯觉樽前笑不成。
蜡烛有心还惜别,替人垂泪到天明。

山行 杜牧

远上寒山石径斜,白云生处有人家。
停车坐爱枫林晚,霜叶红于二月花。

清明 杜牧

清明时节雨纷纷,路上行人欲断魂。
借问酒家何处有,牧童遥指杏花村。

秋夕　杜牧

银烛秋光冷画屏，轻罗小扇扑流萤。
天阶夜色凉如水，坐看牵牛织女星。

遣怀　杜牧

落魄江湖载酒行，楚腰纤细掌中轻。
十年一觉扬州梦，赢得青楼薄幸名。

长安秋望　赵嘏

楼倚霜树外，镜天无一毫。
南山与秋色，气势两相高。

闻笛 赵嘏

谁家吹笛画楼中,断续声随断续风。
响遏行云横碧落,清和冷月到帘栊。
兴来三弄有桓子,赋就一篇怀马融。
曲罢不知人在否,余音嘹亮尚飘空。

题君山 雍陶

烟波不动影沉沉,碧色全无翠色深。
疑是水仙梳洗处,一螺青黛镜中心。

商山早行　温庭筠

晨起动征铎,客行悲故乡。
鸡声茅店月,人迹板桥霜。
槲叶落山路,枳花照驿墙。
因思杜陵梦,凫雁满回塘。

锦瑟　李商隐

锦瑟无端五十弦,一弦一柱思华年。
庄生晓梦迷蝴蝶,望帝春心托杜鹃。
沧海月明珠有泪,蓝田日暖玉生烟。
此情可待成追忆?只是当时已惘然。

登乐游原
李商隐

向晚意不适，驱车登古原。
夕阳无限好，只是近黄昏。

夜雨寄北
李商隐

君问归期未有期，巴山夜雨涨秋池。
何当共剪西窗烛，却话巴山夜雨时。

嫦娥
李商隐

云母屏风烛影深，长河渐落晓星沉。
嫦娥应悔偷灵药，碧海青天夜夜心。

宿骆氏亭寄怀崔雍崔衮
李商隐

竹坞无尘水槛清，相思迢递隔重城。
秋阴不散霜飞晚，留得枯荷听雨声。

无题（其二）
李商隐

昨夜星辰昨夜风，画楼西畔桂堂东。
身无彩凤双飞翼，心有灵犀一点通。
隔座送钩春酒暖，分曹射覆蜡灯红。
嗟余听鼓应官去，走马兰台类转蓬。

无题（其五） 李商隐

相见时难别亦难，东风无力百花残。
春蚕到死丝方尽，蜡炬成灰泪始干。
晓镜但愁云鬓改，夜吟应觉月光寒。
蓬山此去无多路，青鸟殷勤为探看。

晚晴 李商隐

深居俯夹城，春去夏犹清。
天意怜幽草，人间重晚晴。
并添高阁迥，微注小窗明。
越鸟巢干后，归飞体更轻。

蜂
罗隐

不论平地与山尖,无限风光尽被占。
采得百花成蜜后,为谁辛苦为谁甜?

忆昔
韦庄

昔年曾向五陵游,子夜歌清月满楼。
银烛树前长似昼,露桃华里不知秋。
西园公子名无忌,南国佳人号莫愁。
今日乱离俱是梦,夕阳唯见水东流。

台城 韦庄

江雨霏霏江草齐,六朝如梦鸟空啼。
无情最是台城柳,依旧烟笼十里堤。

题菊花 黄巢

飒飒西风满院栽,蕊寒香冷蝶难来。
他年我若为青帝,报与桃花一处开。

菊花 黄巢

待到秋来九月八,我花开后百花杀。
冲天香阵透长安,满城尽带黄金甲。

雨晴　王驾

雨前初见花间蕊，雨后全无叶底花。
蜂蝶纷纷过墙去，却疑春色在邻家。

金缕衣　无名氏

劝君莫惜金缕衣，劝君惜取少年时。
有花堪折直须折，莫待无花空折枝。

宋元诗歌

山园小梅 林逋

众芳摇落独暄妍,占尽风情向小园。
疏影横斜水清浅,暗香浮动月黄昏。
霜禽欲下先偷眼,粉蝶如知合断魂。
幸有微吟可相狎,不须檀板共金樽。

江上渔者 范仲淹

江上往来人,但爱鲈鱼美。
君看一叶舟,出入风波里。

寓意

晏殊

油壁香车不再逢,峡云无迹任西东。
梨花院落溶溶月,柳絮池塘淡淡风。
几日寂寥伤酒后,一番萧瑟禁烟中。
鱼书欲寄何由达,水远山长处处同。

鲁山山行

梅尧臣

适与野情惬,千山高复低。
好峰随处改,幽径独行迷。
霜落熊升树,林空鹿饮溪。
人家在何许?云外一声鸡。

戏答元珍 欧阳修

春风疑不到天涯,二月山城未见花。
残雪压枝犹有橘,冻雷惊笋欲抽芽。
夜闻归雁生乡思,病入新年感物华。
曾是洛阳花下客,野芳虽晚不须嗟。

画眉鸟 欧阳修

百啭千声随意移,山花红紫树高低。
始知锁向金笼听,不及林间自在啼。

城南 曾巩

雨过横塘水满堤，乱山高下路东西。
一番桃李花开尽，惟有青青草色齐。

蚕妇 张俞

昨日入城市，归来泪满巾。
遍身罗绮者，不是养蚕人。

梅花 王安石

墙角数枝梅，凌寒独自开。
遥知不是雪，为有暗香来。

元日　王安石

爆竹声中一岁除，春风送暖入屠苏。
千门万户曈曈日，总把新桃换旧符。

泊船瓜洲　王安石

京口瓜洲一水间，钟山只隔数重山。
春风又绿江南岸，明月何时照我还？

书湖阴先生壁　王安石

茅檐长扫净无苔，花木成畦手自栽。
一水护田将绿绕，两山排闼送青来。

登飞来峰　王安石

飞来山上千寻塔,闻说鸡鸣见日升。
不畏浮云遮望眼,自缘身在最高层。

明妃曲(其一)　王安石

明妃初出汉宫时,泪湿春风鬓脚垂。
低徊顾影无颜色,尚得君王不自持。
归来却怪丹青手,入眼平生几曾有。
意态由来画不成,当时枉杀毛延寿。
一去心知更不归,可怜着尽汉宫衣。
寄声欲问塞南事,只有年年鸿雁飞。
家人万里传消息,好在毡城莫相忆。

君不见咫尺长门闭阿娇,
人生失意无南北。

寒夜 杜耒

寒夜客来茶当酒,竹炉汤沸火初红。
寻常一样窗前月,才有梅花便不同。

春日偶成 程颢

云淡风轻近午天,傍花随柳过前川。
时人不识余心乐,将谓偷闲学少年。

送春
王令

三月残花落更开,小檐日日燕飞来。
子规夜半犹啼血,不信东风唤不回。

六月二十七日望湖楼醉书
苏轼

黑云翻墨未遮山,白雨跳珠乱入船。
卷地风来忽吹散,望湖楼下水如天。

饮湖上初晴后雨(其二)
苏轼

水光潋滟晴方好,山色空濛雨亦奇。
欲把西湖比西子,淡妆浓抹总相宜。

新城道中（其一） 苏 轼

东风知我欲山行，吹断檐间积雨声。
岭上晴云披絮帽，树头初日挂铜钲。
野桃含笑竹篱短，溪柳自摇沙水清。
西崦人家应最乐，煮芹烧笋饷春耕。

惠崇《春江晓景》 苏 轼

竹外桃花三两枝，春江水暖鸭先知。
蒌蒿满地芦芽短，正是河豚欲上时。

题西林壁 苏轼

横看成岭侧成峰,远近高低各不同,
不识庐山真面目,只缘身在此山中。

春宵 苏轼

春宵一刻值千金,花有清香月有阴。
歌管楼台声细细,秋千院落夜沉沉。

赠刘景文 苏轼

荷尽已无擎雨盖,菊残犹有傲霜枝。
一年好景君须记,最是橙黄橘绿时。

和子由渑池怀旧 苏轼

人生到处知何似,应似飞鸿踏雪泥。
泥上偶然留指爪,鸿飞那复计东西?
老僧已死成新塔,坏壁无由见旧题。
往日崎岖还记否?路长人困蹇驴嘶。

绝句 王雱

霏微细雨不成泥,料峭轻寒透夹衣。
处处园林皆有主,欲寻何地看春归?

登快阁

黄庭坚

痴儿了却公家事,快阁东西倚晚晴。
落木千山天远大,澄江一道月分明。
朱弦已为佳人绝,青眼聊因美酒横。
万里归船弄长笛,此心吾与白鸥盟。

寄黄几复

黄庭坚

我居北海君南海,寄雁传书谢不能。
桃李春风一杯酒,江湖夜雨十年灯。
持家但有四立壁,治病不蕲三折肱。
想得读书头已白,隔溪猿哭瘴溪藤。

村晚
雷震

草满池塘水满陂,山衔落日浸寒漪。
牧童归去横牛背,短笛无腔信口吹。

雪梅
卢梅坡

梅雪争春未肯降,骚人搁笔费评章。
梅须逊雪三分白,雪却输梅一段香。

春日
晁冲之

阴阴溪曲绿交加,小雨翻萍上浅沙。
鹅鸭不知春去尽,争随流水趁桃花。

春游湖
徐俯

双飞燕子几时回？夹岸桃花蘸水开。
春雨断桥人不渡，小舟撑出柳阴来。

绝 句
吴涛

游子春衫已试单，桃花飞尽野梅酸。
怪来一夜蛙声歇，又作东风十日寒。

山亭夏日
高骈

绿树阴浓夏日长，楼台倒影入池塘。
水晶帘动微风起，满架蔷薇一院香。

吴门道中 孙觌

数间茅屋水边村,杨柳依依绿映门。
渡口唤船人独立,一蓑烟雨湿黄昏。

三衢道中 曾几

梅子黄时日日晴,小溪泛尽却山行。
绿阴不减来时路,添得黄鹂四五声。

夏日绝句 李清照

生当作人杰,死亦为鬼雄。
至今思项羽,不肯过江东。

书愤(其一) 陆游

早岁那知世事艰,中原北望气如山。
楼船夜雪瓜洲渡,铁马秋风大散关。
塞上长城空自许,镜中衰鬓已先斑。
《出师》一表真名世,千载谁堪伯仲间!

临安春雨初霁 陆游

世味年来薄似纱,谁令骑马客京华?
小楼一夜听春雨,深巷明朝卖杏花。
矮纸斜行闲作草,晴窗细乳戏分茶。
素衣莫起风尘叹,犹及清明可到家。

秋夜将晓出篱门迎凉有感 陆游

三万里河东入海,五千仞岳上摩天。
遗民泪尽胡尘里,南望王师又一年。

十一月四日风雨大作 陆游

僵卧孤村不自哀,尚思为国戍轮台。
夜阑卧听风吹雨,铁马冰河入梦来。

沈园(其一) 陆游

城上斜阳画角哀,沈园非复旧池台。
伤心桥下春波绿,曾是惊鸿照影来。

沈园（其二） 陆游

梦断香消四十年，沈园柳老不吹绵。
此身行作稽山土，犹吊遗踪一泫然。

示儿 陆游

死去元知万事空，但悲不见九州同。
王师北定中原日，家祭无忘告乃翁。

游山西村 陆游

莫笑农家腊酒浑，丰年留客足鸡豚。
山重水复疑无路，柳暗花明又一村。

箫鼓追随春社近，衣冠简朴古风存。
从今若许闲乘月，拄杖无时夜叩门。

四时田园杂兴（其二十五） 范成大

梅子金黄杏子肥，麦花雪白菜花稀。
日长篱落无人过，唯有蜻蜓蛱蝶飞。

四时田园杂兴（其三十一） 范成大

昼出耕田夜绩麻，村庄儿女各当家。
童孙未解供耕织，也傍桑阴学种瓜。

闲居初夏午睡 杨万里

梅子留酸软齿牙,芭蕉分绿与窗纱。
日长睡起无情思,闲看儿童捉柳花。

小池 杨万里

泉眼无声惜细流,树阴照水爱晴柔。
小荷才露尖尖角,早有蜻蜓立上头。

晓出净慈寺送林子方 杨万里

毕竟西湖六月中,风光不与四时同。
接天莲叶无穷碧,映日荷花别样红。

过松源晨炊漆公店　杨万里

莫言下岭便无难，赚得行人空喜欢。
正入万山圈子里，一山放过一山拦。

宿新市徐公店　杨万里

篱落疏疏一径深，树头花落未成阴。
儿童急走追黄蝶，飞入菜花无处寻。

春日　朱熹

胜日寻芳泗水滨，无边光景一时新。
等闲识得东风面，万紫千红总是春。

观书有感 朱熹

半亩方塘一鉴开,天光云影共徘徊。
问渠那得清如许?为有源头活水来。

立春偶成 张栻

律回岁晚冰霜少,春到人间草木知。
便觉眼前生意满,东风吹水绿参差。

村店 刘过

溪边犹棹酒船回,冷水湾头雨意开。
一路有诗吟不稳,当初悔不共君来。

新凉 徐玑

水满田畴稻叶齐,日光穿树晓烟低。
黄莺也爱新凉好,飞过青山影里啼。

乡村四月 翁卷

绿遍山原白满川,子规声里雨如烟。
乡村四月闲人少,才了蚕桑又插田。

约客 赵师秀

黄梅时节家家雨,青草池塘处处蛙。
有约不来过夜半,闲敲棋子落灯花。

江村晚眺
戴复古

江头落日照平沙,潮退渔船搁岸斜。
白鸟一双临水立,见人惊起入芦花。

夜书所见
叶绍翁

萧萧梧叶送寒声,江上秋风动客情。
知有儿童挑促织,夜深篱落一灯明。

游园不值
叶绍翁

应怜屐齿印苍苔,小扣柴扉久不开。
春色满园关不住,一枝红杏出墙来。

题临安邸 林升

山外青山楼外楼，西湖歌舞几时休？
暖风熏得游人醉，直把杭州作汴州！

莺梭 刘克庄

掷柳迁乔太有情，交交时作弄机声。
洛阳三月花如锦，多少工夫织得成？

绝句 僧志南

古木阴中系短篷，杖藜扶我过桥东。
沾衣欲湿杏花雨，吹面不寒杨柳风。

湖上
徐元杰

花开红树乱莺啼,草长平湖白鹭飞。
风日晴和人意好,夕阳箫鼓几船归。

过零丁洋
文天祥

辛苦遭逢起一经,干戈寥落四周星。
山河破碎风飘絮,身世浮沉雨打萍。
惶恐滩头说惶恐,零丁洋里叹零丁。
人生自古谁无死,留取丹心照汗青。

正气歌 文天祥

天地有正气,杂然赋流形。
下则为河岳,上则为日星。
于人曰浩然,沛乎塞苍冥。
皇路当清夷,含和吐明庭。
时穷节乃见,一一垂丹青。
在齐太史简,在晋董狐笔。
在秦张良椎,在汉苏武节。
为严将军头,为嵇侍中血。
为张睢阳齿,为颜常山舌。
或为辽东帽,清操厉冰雪。
或为出师表,鬼神泣壮烈。

或为渡江楫,慷慨吞胡羯。
或为击贼笏,逆竖头破裂。
是气所磅礴,凛烈万古存。
当其贯日月,生死安足论!
地维赖以立,天柱赖以尊。
三纲实系命,道义为之根。
嗟予遘阳九,隶也实不力。
楚囚缨其冠,传车送穷北。
鼎镬甘如饴,求之不可得。
阴房阗鬼火,春院闷天黑。
牛骥同一皁,鸡栖凤凰食。
一朝蒙雾露,分作沟中瘠。
如此再寒暑,百沴自辟易。

嗟哉沮洳场，为我安乐国。

岂有他缪巧，阴阳不能贼！

顾此耿耿在，仰视浮云白。

悠悠我心悲，苍天曷有极！

哲人日已远，典刑在夙昔。

风檐展书读，古道照颜色。

村行 高士谈

墟落依林莽，茅庐出短墙。

儿童避马车，父老馈壶浆。

半湿田新雨，犹青枣未霜。

逢人问丰歉，一一叹声长。

春游　赵秉文

无数飞花送小舟,蜻蜓款立钓丝头。
一溪春水关何事,皱作风前万叠愁。

同儿辈赋未开海棠　元好问

枝间新绿一重重,小蕾深藏数点红。
爱惜芳心莫轻吐,且教桃李闹春风。

观梅有感　刘因

东风吹落战尘沙,梦想西湖处士家。
只恐江南春意减,此心无不为梅花。

上京即事 萨都剌

牛羊散漫落日下,野草生香乳酪甜。
卷地朔风沙似雪,家家行帐下毡帘。

墨梅 王冕

吾家洗砚池头树,个个花开淡墨痕。
不要人夸好颜色,只留清气满乾坤。

劲草行 王冕

中原地古多劲草,节如箭竹花如稻。
白露洒叶珠离离,十月霜风吹不倒。
萋萋不到王孙门,青青不盖谗佞坟。

游根直下土百尺,枯荣暗抱忠臣魂。
我问忠臣为何死?元是汉家不降士。
白骨沉埋战血深,翠光潋滟腥风起。
山南雨暗蝴蝶飞,山北雨冷麒麟悲。
寸心摇摇为谁道?道傍可许愁人知。
昨夜东风鸣羯鼓,髑髅起作摇头舞。
寸田尺宅且勿论,金马铜驼泪如雨。

题苏武牧羊图
杨维桢

未入麒麟阁,时时望帝乡。
寄书元有雁,食雪不离羊。
旄尽风霜节,心悬日月光。
李陵何以别,涕泪满河梁。

明清诗歌

登金陵雨花台望大江 高启

大江来从万山中,山势尽与江流东。
钟山如龙独西上,欲破巨浪乘长风。
江山相雄不相让,形胜争夸天下壮。
秦皇空此瘗黄金,佳气葱葱至今王。
我怀郁塞何由开,酒酣走上城南台。
坐觉苍茫万古意,远自荒烟落日之中来。
石头城下涛声怒,武骑千群谁敢渡?
黄旗入洛竟何祥,铁锁横江未为固。
前三国,后六朝,草生宫阙何萧萧!

英雄乘时务割据,几度战血流寒潮。
我生幸逢圣人起南国,祸乱初平事休息。
从今四海永为家,不用长江限南北。

石灰吟 于谦

千锤万凿出深山,烈火焚烧若等闲。
粉骨碎身浑不怕,要留清白在人间。

言志 唐寅

不炼金丹不坐禅,不为商贾不耕田。
闲来写就青山卖,不使人间造孽钱!

题美人 边贡

月宫清冷桂团团,岁岁花开只自攀。
共在人间说天上,不知天上忆人间。

济上作 徐祯卿

两年为客逢秋节,千里孤舟济水旁。
忽见黄花倍惆怅,故园明日又重阳。

和聂仪部明妃曲(其三) 李攀龙

天山雪后北风寒,抱得琵琶马上弹。
曲罢不知青海月,徘徊犹作汉宫看。

萧皋别业竹枝词(其二) 沈明臣

青黄梅气暖凉天,红白花开正种田。
燕子巢边泥带水,䴔鸠声里雨如烟。

壬戌清明作 屈大均

朝作轻寒暮作阴,愁中不觉已春深。
落花有泪因风雨,啼鸟无情自古今。
故国江山徒梦寐,中华人物又销沉。
龙蛇四海归无所,寒食年年怆客心。

真州绝句 王士禛

江干多是钓人居,柳陌菱塘一带疏。
好是日斜风定后,半江红树卖鲈鱼。

别云间 夏完淳

三年羁旅客,今日又南冠。
无限河山泪,谁言天地宽?
已知泉路近,欲别故乡难。
毅魄归来日,灵旗空际看。

湖楼题壁　厉鹗

水落山寒处,盈盈记踏春。
朱阑今已朽,何况倚阑人!

竹石　郑燮

咬定青山不放松,立根原在破岩中。
千磨万击还坚劲,任尔东西南北风。

所见　袁枚

牧童骑黄牛,歌声振林樾。
意欲捕鸣蝉,忽然闭口立。

论诗　赵翼

李杜诗篇万口传,至今已觉不新鲜。
江山代有才人出,各领风骚数百年。

岁暮到家　蒋士铨

爱子心无尽,归家喜及辰。
寒衣针线密,家信墨痕新。
见面怜清瘦,呼儿问苦辛。
低徊愧人子,不敢叹风尘。

己亥杂诗(其五) 龚自珍

浩荡离愁白日斜,吟鞭东指即天涯。
落红不是无情物,化作春泥更护花。

己亥杂诗(其二百二十) 龚自珍

九州生气恃风雷,万马齐喑究可哀。
我劝天公重抖擞,不拘一格降人才。

赴戍登程口占示家人(其二) 林则徐

力微任重久神疲,再竭衰庸定不支。
苟利国家生死以,岂因祸福避趋之?

谪居正是君恩厚,养拙刚于戍卒宜。
戏与山妻谈故事,试吟断送老头皮。

今别离(其一) 黄遵宪

别肠转如轮,一刻既万周。
眼见双轮驰,益增中心忧。
古亦有山川,古亦有车舟。
车舟载离别,行止犹自由。
今日舟与车,并力生离愁。
明知须臾景,不许稍绸缪。
钟声一及时,顷刻不少留。
虽有万钧柁,动如绕指柔。
岂无打头风,亦不畏石尤。

送者未及返,君在天尽头。
望影倏不见,烟波杳悠悠。
去矣一何速,归定留滞不?
所愿君归时,快乘轻气球。

 村 居 高鼎

草长莺飞二月天,拂堤杨柳醉春烟。
儿童散学归来早,忙趁东风放纸鸢。